助手席のゆうれいさん

小林正嗣
Masatsugu Kobayashi

文芸社

目次

助手席のゆうれいさん

助手席のゆうれいさん

＊　いち

チヒロの頭を撫でたはずだった。そこで、チヒロとは髪型が違うことに気づかなかったのは、電気を点けていなかったせいなのだろう。

チヒロの肩に腕を回したはずだった。そこで、成人女性にしては肩が小さすぎることを理解しなかったのは、チヒロはこんなにも華奢だったのかと自分を納得させてしまったせいなのだろう。

チヒロの手を握ったはずだった。そこで、彼女の指に僕の渡した指輪がはめられていないことなど、精神の昂ぶっていたそのときの僕には分かるはずもなかった。

プロポーズに成功したばかりの僕に、どうしてそんな些細な異変を気に留めることができただろうか。

興奮していたのだ。彼女の、僕がチヒロだと思っていた彼女の顔を直視できないほどに。

だから僕がその知りたくもなかった現実を知るに至ったのは、ほんの数秒前に撫でたばかりの頭とは違う場所から、チヒロの声が聞こえたせいである。

言葉になっていない声だった。ああ、とか、ひい、とか、そういううめき声が恐怖の色を含みながら、まさに僕が口づけようとしていた口とは違うところから漏れ出ていたのだ。

　声のするほうを見てみると、そこにはやっぱりチヒロ以外の誰がいるわけでもなくて、ならば僕の首の近くで熱い息を吐き出しているのが、チヒロであるはずもなかった。

　車という密室の中、ここには僕とチヒロしかいないはずなのに。

　存在するはずのない得体の知れない何かが、僕の腕の中にいるだなんて。

　恐怖だとか、そんな簡単な言葉では言い表すことなど到底できそうもない感情が全身に流れ込んできた。悪夢だといってもまだ生ぬるいであろう状況が物理的な力を持って、見たくもない闖入者の顔を見るために僕の首を動かした。

　そこには、
　女の子がいた。

　目の中には溶岩のように真っ赤な血が溢れ、
　骨すら透けて見えそうな真っ白い肌の小さな女の子が。

　女の子の姿をした絶望は、
　何が楽しいのかにんまりと不気味な笑みをつくると、

「　　　　　　　　　　　　　　」

何かを言った。

チヒロのうめき声よりも遥かに言葉じみていたその声が、僕にはもはや世界の砕ける音にしか聞こえなかった。

＊に

そりゃあ振られる。

幽霊のいる車の中に、彼女一人を残して僕だけ逃げてしまったのだ。これで振られなかったら、彼女に何か裏があるのではないかと疑ったことだろう。

普通の状況でなかったとはいえ、あんなに臆病で薄情な、情けなくて頼り甲斐のない男など、本人である僕ですら愛想を尽かす。だから、しばらく経ってから戻ってきた僕の頬を引っ叩いて、指輪を投げつけた上に蹴りを入れて立ち去ったチヒロの行動は、きっと誰の目から見てももっともだ。立ち去る彼女を追いもせず、謝罪の言葉すらかけなかった挙句、彼女の姿が見えなくなると怖くなって一人だけ車に乗り、逃げ帰った僕など、男の風上にも置けないのだろう。

だけど、それでも納得のいかないことがある。

なぜ、よりにもよってあんな場面で幽霊が邪魔をしにくるのか。すべてが終わってしまった今、僕のあの幽霊に向けられる感情は恐怖でも気味の悪さでもなく、脱力感を伴う憤りだけだった。

だって、だっておかしいじゃないか。完全に実ったはずの恋愛が幽霊によってぶち壊されるだなんて、そんなばかげた話があっていいはずがない。そもそも幽霊の存在など信じていなかった僕が、どうして幽霊なんかに人生の邪魔をされなくてはいけないのだろうか。

「今更こんなことを言うのはどうかと思うんだが、言ってみてもいいかい」

助手席であぐらをかいたハルヒコは左手に持っている長方形の紙切れをまじまじと眺めてから、ドリンクホルダーの缶コーヒーに右手を伸ばした。

「こんなことって、言ってみないとどんなことかも分からないじゃないか。言ってみなよ」

「そう言うんなら言わせてもらうよ。今更だけどな、おれは……」

持っていた紙切れを脚に置き、缶コーヒーをぷしゅりと開ける。その姿を見て、僕はハルヒコの言いたいことよりも、彼がコーヒーをこぼさないかということのほうが気になってしまう。

「おれは、乗り気じゃないんだよな」

「いったい何に」

「すっとぼけてんじゃねぇ。分かるだろう。今からやろうとしていることさ」

今からやろうとしていることに、乗り気ではない。それは、コーヒーを開けておきながらも、僕はなぜか「それを飲むのに乗り気じゃないっていうことか」と返してしまっていた。

それぐらいのことは分かっていないということではないのだろう。


「おいおい、冗談を言うなら真顔は止してくれよ。それとも本気でそう言っているのかい」

「それはこっちのセリフだろう。本気か？」

「言えって言ったのはお前だろう。だから断わっておいたんだ。今更だけどってな」

ハルヒコは缶の口を舐めるようにしてちびちびとコーヒーを飲み始める。

「怖くなったとか言わないよな」

僕が尋ねるとハルヒコは缶を口から離し、まだ一口分《ぶん》も減っていないであろう缶コーヒーをドリンクホルダーに戻した。

「さすがに、そんなことは言わないさ。ただな……信号、変わったぞ」

「缶コーヒー、怖いから手に持っておいてくれよ」

「そんなことを言われてもなあ、手に持っておくのも危なっかしいだろう」

ブレーキから足を離す。ゆっくりと動き始める車の中、コーヒーに思考を奪われかけていた僕は渋々と前方へ視線を移し、嫌々にアクセルへ足を添えた。

「それでな、おれが乗り気じゃないのは、怖いからじゃあなくって」

「揺れたらこぼれるじゃないか。持っておいたほうが安全だって」

幸いと、後続車両は存在しない。ハルヒコがコーヒーを持つまで、わざわざアクセルを踏む必要もないだろう。窓の外では赤く灯った歩行者信号機が、歩くようにゆったりと後退していった。

この横断歩道を越えれば、目的地までは一本道だ。

「分かったよ、持っておくさ。だけど、おれは責任取れないからな。幽霊が出てきたときに、驚いてコーヒー投げ飛ばしたって」

こわん、と缶コーヒーを持ち上げる音がする。安心してアクセルペダルに力をかけると、街灯によって淡く照らし出されたアスファルトが、ヘッドライトに切り開かれ心地よく走りだす。

「だったら、さっさと飲み干してしまえばいいじゃないか」

「そうはいっても、苦いんだよ。ちょっとずつ飲まないと、喉がちりちりするんだ」

コーヒーをすする音が、ハルヒコの言葉に続いた。そういえばハルヒコは、学生時代から苦いものが苦手だった。それなのに無糖のコーヒーを彼が飲んでいるのは、深夜のドライブなので眠気覚ましが必要だろうという考えからである。

「だいたい」

缶に口をつけたままなのか、少しくぐもった声。

通常ならば、運転手ではないハルヒコが眠気覚ましの手段を用意してくる必要なんてないだろう。だけど今日は、明らかに通常とは違う。なにせ、

「これから幽霊退治っていうときに、そんな細かいことを気にしなくたっていいんじゃないのかい」

なにせ、今夜は幽霊退治にやってきたのだ。この状況は、霊媒師の類ではない僕らにとって、少なくとも通常と呼べるようなものではない。異常とも呼べるであろうこの状況において、運転手である僕はもちろん、唯一の同乗者であるハルヒコは、どうしてもしっかりとした意識を保っておく必要がある。

片方が霊に操られたりしたら、ぶん殴ってでも意識を取り戻させるんだぞ。ハルヒコの言葉である。そのためには、どちらかが眠っていては話にならないのだ。

「それとこれとは関係ないだろう。気になるものは気になるさ。君にとっては他人の車だから細かい問題なのかもしれないけど、持ち主の僕にとっては大問題なんだよ」

「ああ、もう、分かったよ。がんばって早く飲むよ。それでいいのかい」

「べつに、無理をしなくてもいいよ。ただ、こぼさないように気をつけてほしいだけさ」

助手席からは、言葉の代わりに嚥下の音が五回。続いて、うほっ、とか、うげっ、といったむせ返る声が途切れなく吐き出されていく。

「にがっ。うえ、にが。話を戻すがな」

「無理したなぁ。大丈夫かい」

「苦すぎて化けて出そうだよ。それで、話は戻るが、どうして乗り気じゃないかっていうとだな」

アクセルから足を離す。目的地は、もうすぐそこだ。

「お前がチヒロさんに振られた原因の比率でいえば、その幽霊の占める割合なんてせいぜい一割程度だと思うんだよ」

他に車の姿は見当たらないけれど、交通ルールに従って左にウインカーを出す。煌々と明かりを発する自動販売機の脇に、僕はとうとう停車した。

とうとう、目的地に辿り着いてしまった。

「それって、どういう意味さ」

「考えてもみな。その幽霊は、ただ出てきただけなんだ。お前のすぐ隣に割り込んできたっていうのは野暮としか言いようがないが、かといって幽霊が何か危害を加えてきたわけでもないんだろう」

エンジンを切ろうか迷った末、結局キーを回した。幽霊が出てきたときに、すぐ逃げられるようにだなんて、そんな逃げ腰ではいけない。僕は今夜幽霊を退治しにきたのだし、何よりもガソリンがもったいない。

「結局、チヒロさん一人を置いて逃げるだなんていう愚行に走ったのはお前だろう。それが、チヒロさんに愛想を尽かされた直接の原因なんだろうが」

まばらに並んだ街灯が鈍く照らし出す、起伏も分かれ道もないシンプルな風景。街灯なんかよりもずっと眩しい自動販売機が映し出す、昼間はにぎわっているはずの一本道。

チヒロと笑い合った、チヒロと缶ジュースを飲んだ、チヒロと口づけをした、チヒロとの思い出に溢れた場所。

チヒロにプロポーズした、チヒロに頬を打たれた、チヒロに脛を蹴られた、チヒロとの苦い思い出すら詰まった場所。

少女の幽霊が現れた、忌々しい場所。それが、ここだ。

恐る恐る、バックミラーに目をやる。人の気配はない。僕の両脇にも、ハルヒコの隣にも不審なことはなかった。

「それなのにお前は、それを棚に上げて幽霊を逆恨みしているんだろう。その上、幽霊を退治しようっていうんだから、もう、どっちが悪者だか分からないよ」

「逆恨みの復讐に手を貸すのが嫌だっていうことかい」

ほんとうに、今更だ。どうしてそんなことを、ハルヒコはこんな段階になってから言うのだろう。幽霊に復讐したいという僕の妄想じみた願望を、現実味のある計画に変えてくれたのは他でもないハルヒコじゃないか。

「卑屈な言い方をするなよ。それに、やらないって言っているわけじゃあないだろう。幽霊がいるかいないかだったら、いないほうがいいに決まってる。悪かったよ、変なこと言って」

「変なこと？」

「だから、乗り気じゃないって。やる気がなくなったわけじゃないから、あんまり気にしないでくれよ。缶、捨ててくるわ」

シートベルトを外しながら足を崩したハルヒコは、自分の脚に乗っている紙切れをちょいと持ち上げ、

「お札、持っといてくれ」

僕に手渡すと、脱いでいた靴を履き、ドアを開けて出ていった。

「ち、ちょっと待ってくれよ」

ハルヒコを追って僕も車を降りる。ドアを閉める音が、アスファルトを擦る靴音を飲み込みながら光も乏しい道に長く響いた。夜中には奇妙なほど通りの少ないこの場所は、だから自動販売機でジュースを買って飲むというチヒロとのちょっとした時間

を、あきれるほど濃密にしてくれていたのだった。

それだけに、チヒロに投げ捨てられた指輪の高い着地音は、あまりにも残酷な音色となって僕の耳に刻み込まれ深く深く残っている。

「はは、一人になるのは怖いかい」

ちょっとだけ振り向いてハルヒコがにやつくと、自動販売機の脇に置かれた空き缶専用のゴミ箱が、軽い声で鳴いた。手持ち無沙汰になったらしいハルヒコは、さっきまで缶を持っていた手で産毛のようなひげしか生えていない顎をちょりちょりとかいた。

「茶化すなよ。いきなりお札なんて渡されて、困っただけさ。君が使う予定なんだろう」

本心ではハルヒコの言うとおり怖かったのだけれど、それを言ってしまうのではさすがにみっともないだろう。

「困るだって？　情けないことを言うなよ。本当なら、お前が一人でやっていたかもしれないんだ。いざとなったら、自分一人でも幽霊退治をするような気持ちでいてくれないと」

「確かにそのとおりだけどさ。だけどハルヒコ、君はこのお札を持っていくと言っただけで、どう使うかは教えてくれていないじゃないか」

「おれだってそんなもの、使い方なんて知ってるわけないさ」

しゃあしゃあと言ってのけると、ハルヒコはさっきまで顎をかいていた手で、僕の手から半ば奪うようにしてお札を受け取った。両手が空いてしまった僕は、どうしようもなく周りの空気をもみ崩してから、思い出したように痒くなってきた耳の裏に、人差し指の爪を立てた。

「冗談だろう」

僕の言葉に、にやついていたハルヒコの顔が怪訝そうに歪む。彼の口が開く前から、そこから否定の言葉が出ることのないのを悟った僕は、自然と眉間に力が入るのを感じた。

「お札なんて、幽霊の出る場所に、ぺたりと貼っておけばいいんじゃないのかい。そこにお経を唱えてやれば、幽霊なんてものはハイハイと成仏するだろうよ」

三日前のハルヒコを思い出す。あんな幽霊は退治してやりたいと苦笑した僕に、手を貸そうかと笑ったあの顔。できるのかいと驚く僕に、まかせておけと胸を叩いたあの声。

今、再びにやついたハルヒコは、あのときと同じ顔と声とで僕の意識をひっくり返した。

三日前に逆転したはずの妄想と現実が、ここに来てまたもや逆転してしまった。

「そんなに簡単にできることなのかい、幽霊退治って」

「やってみないことには分からないよ。少なくとも、無意味な結果にはならないだろうさ」

僕が何か言い返そうと考えているうちに、ハルヒコは自動販売機のほうへと向き直る。僕が何事か声をかけようとしたとき、ハルヒコはお札を指に挟んだまま、空き缶専用のゴミ箱を持ち上げていた。

プラスチック製の赤いゴミ箱がきゃらきゃらと鳴きながら移動すると、その下に隠れていたらしいゲジゲジが、そそくさと自動販売機の下へ逃げていった。

「何をやっているのさ」

僕の口が思わずそう動いてしまったのは、ゴミ箱をどかしたその場所に、ハルヒコが屈み込んだからである。

「お札っていうのは、掛け軸の裏みたいな、普段見えないところに貼ってあったりするだろう」

「普段ゴミ箱で隠れているところに貼ろうっていうのかい」

「ああそうさ。じゃあお前は、おれの後ろに立っていてくれよ」

振り向きもせずに言うハルヒコは、空いているほうの手でズボンのポケットを探り始める。

「だけど、自動販売機なんかに貼っていいのかい」

「まずいかもな。ばれたら剥がされるだろうし、下手をすれば持ち主に文句言われて罰金かもしれないな」

「だったらやめておこうよ。どこに監視カメラがあるか、分かったものじゃない」

言ってから、辺りを見回す。ここには何度も来ているけれど、監視カメラの有無なんかは気にしたことがなかった。

「だから、後ろに立っていてほしいんだ。そこに人がいれば、ゴミ箱を真上から撮っているカメラがない限り、何をやっているか分からないだろう」

「なるほど、用心深いね」

僕が後ろに立つと、ハルヒコはポケットからビニールテープとハサミを取り出した。

「だけどやっぱり、こんなところでがさがさやっていたら、怪しいんじゃあないのかい」

「それは、猿知恵を働かせてだな」

自動販売機の側面にお札を貼り終わったらしいハルヒコは、ポケットに再びビニールテープとハサミを突っ込むと、

「小銭を落としたっていうことにしておけば、問題ない」

くるりと振り向き、手に持った百円玉を見せびらかすようにして立ち上がった。

「なるほど、周到だね」

返事の代わりにハルヒコはやっぱりにやけると、ゴミ箱を元の位置へ。一時はもうどうでもいいとさえ思えていたけれど、お札がゴミ箱に隠れた瞬間、悔しいけれど僕の中には満足感と達成感と、震えるような安心感が満ち満ちていた。この気持ちは、小学校の夏休み、工作の宿題を終えたときのものに似ているのかもしれなかった。

僕がやったことはといえば、ハルヒコの壁になったぐらいのものなのだけれど。

「さて、仕上げといくか」

「仕上げって、お札を貼って終わりじゃあないのかい」

見ると、ハルヒコは自動販売機の前に立って腕組みをしている。さあ帰ろうと車へ向かいかけていた僕は、ゴミ箱の前に駆け戻るとお札の貼ってあるはずの場所をゴミ箱越しに凝視してみる。

「お札は、もう関係ないよ。今からお経を読むのさ」

組んでいた腕を崩して、テープやハサミが入っていたのとは反対側のポケットから数珠を取り出し、ハルヒコは合掌する。僕もその場で自動販売機に向かい、手を合わせた。

「結構、ちゃんとやるじゃないか。でも、お経なんて読めるのかい」

「般若心経くらいなら暗唱できるさ」

「そ、それでいいのかな」

ハルヒコはにやつく代わりに目を閉じると、

「ないよりはマシだろう」

低く小さい声でお経を唱え始めた。

僕には最初のあたりしか般若心経が分からないけれど、つかえることなく、僧侶さながらのスムーズさで一字一字を詠いあげるハルヒコの般若心経は、きっとそのうちのたった一字さえ間違ってはいないのだろう。

何かが乗り移ったのかとさえ思わせるほど粛々とした友人の姿を、僕は目を見開いて、こちらも何かに憑かれてしまったかのように眺め続けていた。

こうしてお経が唱えられているときには目を閉じているべきだと分かっているはずなのに、この場所この雰囲気は、僕の目蓋に上向きのベクトルしか与えてはくれなかった。

それが、いけなかった。

お経を唱えるハルヒコの横顔。その先でまっすぐ続く道の中に、恐ろしく不吉なものを見てしまった。

白に近い色のワンピースを着た、黒い髪の女性。長い前髪で顔が隠れきるほどにうつむいて、しかし彼女は確実にこちらを見ている。

直感した。

あれは、いけない。

この間の幽霊とは違う。だけど、あれはどう考えてもまずい。

まだ僕らと彼女との距離は、ハルヒコのお経の声が聞こえていないであろう遠さを保っているけれど、彼女が一歩でも歩き出せば、息つく間もなくゼロになってしまうだろう。僕の脳内に染み込んでくるこの懸念は、はたしてただの幻想だと言い切ることができるだろうか。

ハルヒコの声が、今までよりもいっそう低くなる。それはこの状況を察したのではなくて、お経がクライマックスに突入したからなのだろう。ハルヒコは合掌した手を数珠と一緒に擦り合わせ、少しだけ力強い声で「般若心経」と唱えると、目を開きながらこちらを向いて、照れくさそうににやけてみせた。

「よし、終わり。我ながら様になっていたような気がするよ」

まだ、ハルヒコは気づいていない。うつむいた女に、背中をさらしていることを知らない。

「そんな顔して、まだ不安なのかい。大丈夫だよ。あのお札は知り合いの神主に譲ってもらった、ちゃんとしたお札なんだ」

まだ、気づいていない。

「しかし残念だよな。その幽霊が出てきたら、顔面に貼ってやったのに」

さすがに、僕の様子から何かを察したのだろう。軽口を叩いたばかりでにやついた顔を硬化させ、ハルヒコはそのままの顔で僕の視線を追った。

街灯の明かりなど押しつぶしてしまいそうな闇。闇の中にひっそりと、しかしあまりにもくっきりと浮かび上がる女性。細かく首を動かしながら何かを探すハルヒコは、まだ彼女の存在に気づいていないらしい。

「おい」

今、気づいた。

「おい、あれ」

早口で、無感情な声。

あれ。そう、ハルヒコは間違いなく彼女のことを言っている。

「霊か」

「さあ」

喉が渇いた。絞り出そうとしてもろくな言葉が浮かんでこない。

「退治したかったやつか」

「違う」

退治したかった、あの少女の霊とは明らかに違う。僕とチヒロの邪魔をしたのはどう考えても子供だったけれど、今こちらを見ている女性はとても子供には見えない。

「じゃあなんだ」

「知らないよ」

「霊か」

最初の質問に戻ったかのようなハルヒコの言葉は、しかし先ほどのものとは違い確信の色を含んでいた。この場に存在するすべての要素を集約して考えてみれば、その可能性を否定することなどできるはずもないのだ。

「まさか」

それでも僕は否定した。

たとえ言葉の上だけだとしても否定しなければ、その可能性は事実になってしまうような気がしたからだ。

「そうか、だよな、違うよな」

そんな僕の思惑を察したのか、ハルヒコは早口で言い切ると、ひぇひぇっと少しだけ笑い声をあげてすぐに静かになった。

息をしているのかさえも分からないハルヒコの後ろ姿は、僕のことを一呼吸ごとに不安にさせる。

「あの、ハルヒコ」

「帰るぞ」

短く。たった今思い出したかのように、ハルヒコは短くその言葉を解き放った。

「そうだな」

僕は、ハルヒコがそう言ってくれるのを待っていたのに違いなかった。だからハルヒコが短く素早く前触れも脈絡すらなく言い切ったその言葉は、僕にとっては唐突でも予想外でもなんでもなかった。僕らの会話は「帰るぞ」「そうだな」で終結すると最初から決まっていたのだ。

「そうだな」と言い切って、ハルヒコと二人で急いで車に乗り込んだ僕には、少なくともそう思えた。

普段よりも冷静にエンジンキーを回し、普段よりも慎重にアクセルペダルを踏み込んだ僕は、きっとうつむいた女性を通り越した。

去り際に彼女の姿を見ることなど、僕にはできるはずもなかった。


電話が鳴っている。

ズボンのポケットに入れておいた携帯電話。それが、鳴っている。

ハルヒコを家に送り届けた帰り。帰宅路を走る車の中である。

正確に表現するのならば、携帯電話は鳴っているのではなく震えている。僕の運転を中断させるべく、意固地になって震え続けている。

この震え方は、メールの受信ではなく電話の着信だろう。運転を中断し、早く電話を取ってやるのがいいのかもしれない。

ならば、と僕は車を減速させ、道の脇に寄せた。そのとき、それまでやかましいほどに続いていたバイブレーションがぷつりと止んだ。

止んでしまった。せっかく停まったというのに。

少しだけ悔しい気分になりながら、それまでの暴れ具合が嘘のように静まり返った携帯電話を引っ張り出し、着信履歴を確認する。

ハルヒコだった。時間は既に午前三時を回っている。こんな時間に電話をかけてくるような人物は、なるほど十数分前まで一緒にいたハルヒコぐらいのものだ。僕はエンジンを切り、ハルヒコに電話を入れた。直前までコールしていただけあって、受話器はすぐに取られた。

「何か用だった？」

すまないなこんな時間に。もう家か？

友人の軽い口ぶりが、僅かなノイズをともない耳に流れ込む。

「いいや、まだだけど」

そうか。じゃあ、家に着いてからでいいよ。

「大丈夫さ。運転中じゃあないからね」

僕の言葉を吸い込んだ後、電話機は黙り込んだ。

「もしもし」

受話器を置いてしまったのかと思い声をかけると、向こう側でハルヒコの声が浅く呼吸する。

「どうしたんだい、黙っちゃって」

ああ、なんでもない。じゃあ、また後でかけ直すよ。

「いや、だから大丈夫さ」

電話を切られそうになり、僕は少し慌てた。

せっかく電話に出るために車を停め、その上わざわざ、切れた電話にこちらからかけ直したのだ。ここで電話を切られてしまっては、それまでの手間がすべて無駄になってしまうような気がしたのである。

だけどこの話は、絶対に帰ってからのほうがいいって。

「そんな言われ方をすると、余計に聞きたくなるだろう。それに、そのことが気になって安全運転ができなくなったら、どうしてくれるんだい」

そうだな、安全なほうがいいもんな。じゃあ、話すよ。後悔するなよ。

ハルヒコのやつ、やけにあっさり折れるじゃないか。僕はなんだか拍子抜けした気分で次の言葉を待った。

幽霊退治へ行く途中に、信号で止まっていただろう。

「ああ、止まったね、二回」

一度目は、ハルヒコを乗せた直後の交差点。

二度目は、おれが、コーヒーを飲み始めた信号だよ。

二度目は、目的地直前にある横断歩道。ハルヒコのコーヒーが何よりも気になった、あの場所。

あそこをまだ通っていないのなら、回り道をしたほうがいい。

どうして。そう尋ねるべきところを一秒間の沈黙としてしまったのは、ハルヒコの言葉を頭の中で三度ほど繰り返してしまったせいである。その三度すべてを同じ意味で捉え、同じ疑問を抱いたときには、
まあ、さすがに、その道は避けているよな。

笑いの混じった声が、僕の耳に届いていた。

「どうして、どうして避けなくちゃいけないんだい」

結局、遅れて出てきた言葉は違う質問へと変化してしまう。

どうしてって、そりゃあ……

一秒か一瞬か。ハルヒコが与えたほんの僅かな静寂の間に、見ただろう。

僕は、電話の向こうの友人と同じことを考えていた。

「あれは、人間だろう」

そんなことは知らないよ。それに、それは本題じゃない。

あっさりと、ハルヒコは自分で出した話題を切り上げる。あの出来事には極力触れまいと脂汗を流すハルヒコの姿が思い浮かび、なんだか面白い。だけど、それはとても賢明な判断だ。

僕だって、幽霊のことなど思い出したくもない。真夜中に一人きりでいるのだからなおさらである。

あの、信号のことだよ。

あの信号。うつむいた女性のことばかりを思い浮かべていた僕にとって、信号機などというファクターはなんの意味も持たない背景に過ぎなかった。それが、話の中心へいきなり躍り出てくる。

僕は何も考えられず、黙ってハルヒコの言葉を待つことしかできない。

あそこで止まったとき、ちょうど二時頃だったよな。

言われて思い返す。多分、二時あたりだった。

あの信号って、日付が変わった後はいつも、点滅信号だった気がするんだ。

「だけど、僕らは赤信号で止まっていたじゃないか」

だから、おかしいんだよ。

ああおかしいな、と返そうとした。だからハルヒコ、君の言っていることはおかしいぞ、と。それでも僕がそう言わなかったのは、口が動くよりも前に、ハルヒコの言わんとしていることを頭が理解してしまったせいである。

「でも」

今度は頭で考えるよりも早く、口が動いていた。そのせいで、僕は「でも」に繋げるべき言葉を探す間、泣き声のようなふにゃふにゃとした声を垂れ流してしまっていた。

でも、なんだよ。

「でも、幽霊は退治したよな」

あんなので退治できるかよ。見ただろう、あれ。

ハルヒコは、とうとう身も蓋もないことを言った。僕は、理由も分からないのに泣きそうだった。そのせいで、そんな無責任な、と声を荒げようとしたのを、

「あれって、だからあれは人間だろう」

そう、すがるように言って、電話を切ってしまった。

携帯電話を握ったままで、サイドミラーに目をやる。そこでは件の信号機が、黄色い明かりを点滅させている。

こんな、こんな残酷なことはない。ハルヒコを乗せて通り越したときには、確かに赤く点っていた歩行者用信号機が、今はなんの色も点さず沈黙している。

気が知れない。帰り道にここを選んでしまった自分が、理解できない。

僕は、あの信号機を、電話をする直前に通り越してしまっていた。さすがに避けているよなとハルヒコが言った道を、僕は当然のように通ろうとしていた。ここからもう少し進めば、あの自動販売機のある場所へ行き着いてしまう。

ただ、それだけならば、まだ救いがないわけではない。なにしろ、僕はまだ信号を通り越しただけなのだから。僕はまだ、霊を見たあの場所に行き着いてしまったわけではないのだから。今から引き返して違う道を通れば、なんの問題もないような気がした。

だから、それだけならば、きっとまだ救いがあったのだ。

いつからだろう。

いつからそこにいたのだろう。窓の外ではあの女が、白に近い色の服を着たあの女が、やはりうつむいて、否定のしようもなく僕のことをじっと見ていた。今度は声も聞こえないほど遠くではない。手を伸ばせばドアに触れられるような、ごくごく近い位置。

僕は、

「どうかしたんですか」

窓を開けていた。


霊の力が働いていたのに違いない。

そうでなくては、こんな得体の知れない女に声をかけ、その上車に乗せてやるなど考えられない。

こんな得体の知れない女。こんな女。幽霊に違いない女。彼女は今、後部座席に座っている。うつむいているせいで顔はよく分からないけれど、肩甲骨よりも下まで伸びているだろう長い髪は、色素が薄く艶がある。白っぽいと評していたワンピースは、実は薄い青を基調としたものだった。

バックミラーに幽霊が映っているという、どうしようもない状況。これが、意外なことに怖くない。もう、どうしようもなさすぎて、彼女を彼女の示す目的地へ連れていくということが、僕にはなんのこともない単調な作業のようにしか思えなくなっていたのだ。

「着きましたよ」

無感情な声だった。こんなに無感情な声が自分の口から出るのかと、内心驚いた。

窓の外には、ハルヒコがお札を貼った自動販売機。

彼女は何も言わなかったけれど、僕には彼女がここへ来たがっていると分かったのだ。彼女を車に乗せるときだって、彼女が車に乗りたがっているのだと分かって、どうぞと言ってやったのだ。

その彼女が、

「なんだかつまらなさそうですね」

はじめて喋った。不思議そうな響きを含んだ声は、幽霊のくせに張りのある、それでいて柔らかな声だった。

「あの子のときは、ひゃーひゃー言って逃げ出したじゃないですか」

笑い話でもするかのような口調。いや、彼女にとっては笑い話なのかも分からない。僕が彼女の言葉に笑うことができなかったのは、その笑い話が僕のことを嘲笑うものだからだろうか。

いや、そうではない。僕は混乱しているのだ。なにしろ、今までは幽霊に違いないと思っていた女性が実はなんでもないただの人間だったのではないかという、まるで希望の光のような予感が湧き上がってきているのだから。

「あ、もしかして、わたしのこと幽霊だって気づいていませんか？」

幽霊の陽気としか捉えることのできない声で、希望の光はぷっつりと途絶えた。考えてみれば、あの子、つまりあの子供の幽霊のことなど、彼女がただの人間ならば知りえないことである。それでも僕が、ほんの一瞬であれ彼女のことを人間なのではないかと思うことができたのは、

「こう見えても幽霊なんですよ」

うつむいていたはずの顔が、いつの間にか持ち上がっていたせいなのだろう。

生気に満ちているのかといえばそうでもないし、健康的なのかといえば、べつだんそういうわけでもない。ただ、バックミラーに映る幽霊は、とても柔らかい笑顔を浮かべていた。

血色がいいか悪いかでいえば悪く、ふくよかか痩せているかでいえば痩せている。幽霊を自称する彼女の笑顔は、たったそれだけの、なんら特異性のないものだったのだ。

「あれ、反応薄いですねぇ。嘘だと思ってるんですか？」

幽霊は笑顔を、困った、とでもいうように歪めてみせた。それでもすぐに、

「あ、怖すぎて声も出ないとか」

軽いいたずらをしたときの子供のような笑顔で言った。

僕は、子供の頃に鉛筆で書かれた幼稚ないたずら書きを思い出す。机の上に消しゴムを走らせる、今の心境はあのときの冷めた気持ちに似ているのかもしれなかった。

「あの」

「なんですか？」

「着きましたけど」

自称幽霊の女は細い眉をハの字に傾け、小さな口をきゅっとすぼめた。

「あの、わたし、幽霊なんですが」

「それとこれと、どういう関係があるんですか」

「それとこれ？」

後部座席の女は、ちょこっと首を傾ける。車を降りる気配はない。

「あなたが幽霊だっていうことと、目的地に着いたのに、あなたが車から降りようとしないことです」

「あ、降りてほしかったんですか。だったらそう言ってくれればいいのに」

「降りてほしいと言ったら降りるんですか」

言いながら、僕は内心で安堵のため息をついていた。バックミラーの中でゆらゆらと表情を変える彼女は、自称幽霊の割には物分かりがいいらしいと思ったからだ。

それなのに彼女は、

「そういうわけにはいきませんよ」

むっとした顔でそう言った。おかげで僕の中からは、何かを言い返す気力も、言うべき言葉も流れ出ていってしまったらしかった。どのみち自称幽霊は、僕に口を開くタイミングすら与えてはくれなかったのだけれど。

「せっかく波長を合わせたっていうのに、これでさようならじゃあ意味がないです」

「どういうことですか」

「お話ししましょうっていうことです」

にっこりと、青白い顔に薄明かりのような笑顔を浮かべて幽霊は言った。ハルヒコのにやけ顔と同質の、友好的な笑顔に見える。

「波長について質問したかったんですが」

それがこの女の狙いだったのか、それとも僕の心が勝手に動いたのか、幽霊の笑顔は、彼女とコミュニケーションをとることへの抵抗を僕からいくらか取り除いてしまったらしい。

「なんだ、そっちのことでしたか」

僕の言葉の意味を彼女が取り違えていたというだけの、他愛もない指摘をしてしまったのは、相手が幽霊だとしてもそれぐらいの会話ならば問題ないだろうと思えてしまったからである。それほどに、僕の中の抵抗は取り除かれていた。

「ラジオの電波みたいなものですよ。ダイヤルをひねって、いちばんよく聞こえるところに合わせるじゃないですか」

ラジオにはほとんど触れたことがない上に、ダイヤル式のラジオなどは見たことしかないけれど、彼女の言わんとしていることはなんとなく分かった。

「わたしが電波で、あなたが受信機のほうですね。波長が合うと、こうしてお話ができるようになったり、わたしの姿がよく見えるようになったりするんです」

ほら、最初に会ったときよりも親しみやすいでしょう。そう言って自分のことを指差すと、幽霊はなぜか自慢するような笑みをつくった。

「じゃあ、僕のダイヤルをいじったっていうことですか」

素朴な疑問は、もはや軽口じみていた。彼女の言うとおり、僕は悔しいほどに親しんでしまっている。

「霊感もない人のダイヤルなんて簡単には動きませんよ。わたしが、あなたにぴったりの波長に合わせたんです。さっき乗せてもらってから、ずっと波長合わせをがんばっていたんですよ」

僕には霊感がないらしい。それなのに、どうして少女の霊は現れたのだろう。思い返せば返すほど、やっぱりあの出来事は不条理だ。

「あ、どうしてわざわざ波長を合わせたんだろう、っていう顔をしてますね」

本当は、どうしてあの少女の霊が現れたんだろう、という顔だったのだけれど、それを指摘するのは気が引けた。彼女が自称幽霊だからではなく、彼女の表情のせいである。さあ喋ろうと意気込んでいるところに水をさすのは、相手が誰であろうと気の引けることだ。

随分と長い間かけっぱなしにしていた気のするエンジンを、ようやく切った。彼女を降ろしたらすぐにでも走り去ろうと思っていたけれど、彼女はきっとまだまだ降りようとはしない。

「それは、あなたとこうしてお話をするためです」

「どうして」

僕がそう聞いたのは、彼女がその言葉を待っているのに違いないと思ったからだ。

「ところで、彼女さんとはうまくいっていますか?」

質問に対し、質問。波長が合っているせいなのだろうか、僕はそれに対し、何も不審がることなく応えていた。

「ぜんぜんうまくいっていませんよ。この間、幽霊に遭遇してからというもの、ほとんど口もきいてくれません」

「ですよね、逃げちゃいましたもんね」

苦笑混じりに僕が言うと、幽霊も苦笑して言う。バックミラー越しに二人で苦笑しあってから、僕は「知ってるんですか」と苦笑いをやめた。

「はい、あの子から聞きましたし、それに、見たんですよ、あなたがビンタされるところ」

この幽霊は、あの少女の霊と知り合いで、しかも僕の振られる現場を見ていたらしい。ということはつまり、

「グルだったんですか」

そういうことなのだろうか。半ば確信をもって放たれたその言葉は、その直後に僕を後悔させることとなった。

僕の後ろに座っているのが本当に幽霊だとして、本当にあの少女の霊と仲間であるのだとしたら、あの夜のことを咎められて、果たしていい気がするだろうか。気を悪くするに決まっている。

僕の後ろに座っているのが本当に幽霊だとして、その幽霊が気を悪くしたら、彼女に背を向けている僕はいったいどうなってしまうのだろうか。

「あの、すみません」

僕はシートベルトを締めたままで、腰をねじりながら幽霊のいるほうへ顔を向けた。

あの、すみません。逃げたのは僕なんですから、あなたがたに非はありませんよね。

僕の用意した情けなくも潔い言葉たちは、

「失礼ですね」

むくれた幽霊の顔と向き合った瞬間にぱらぱらと消えていってしまった。

「グルだなんて、人聞きの悪いことを言わないでくださいよ」

「あ、違うんですか」

「違いますよ。わたし、あの子のいたずらとは、まったく関係ありません」

幽霊は僕の目から視線をそらすことなく、はきはきとして言った。輝きがあるかないかで言えば輝きのない瞳は、それでも清らかに澄んでいるように思えた。

「ですが」

瞳がくるくると表情を変え、僕のことを探るように瞬く。そのせいだろうか、僕は無理な体勢で振り向いたまま、幽霊の瞳に釘づけになってしまっていた。

「幽霊仲間としては、ちょっと責任を感じているんですよ」

首と腰が辛くなってきて、とうとうシートベルトをはずす。僕は助手席と運転席の間から身を乗り出して、血色の悪い顔を正面から見据えた。

「だから責任を取らせてもらおうかな、と思っているのですが……」

自動販売機の明かりに横顔を照らされた幽霊は、

「どうでしょう」

にっこりと笑い、悩ましく首を傾けた。

＊さん

結局、あの女が本当に幽霊だったのだという確信を持ったのは、彼女が「では、おやすみなさい」と言って消えたときだった。

彼女は、本当に消えてしまった。幽霊よろしく霧のように、ふわりと揺らいでかき消えてしまったのである。

幽霊が消えた後、僕は急いでエンジンをかけ、シートベルトを締めてから慌ててアクセルを踏んだ。怖かったからではない。自宅に帰って眠りたかったのだ。それまでの出来事が夢だったのならば早く夢が終わるように。夢でないのならば、翌日にこれ以上夜更かしの影響が出ないように。

結局、二日後の今となっては、あの晩のことが夢だったのか現実だったのか定かではない。ハルヒコとお札を貼りにいき、ハルヒコを家まで送り届け、ハルヒコから信号機に関する怪奇現象を知らされたところまでは現実だったとして、それ以降のことが夢でないという確信はないのである。なにしろ「夢ではなかった」と言ってくれる証人がいないのだから。

「もしかして、夢だった？」

唐突に、チヒロの声がそう言った。ちらりと左に目をやると、難しそうな顔をして耳元の髪をもてあそぶチヒロの姿。

「いったい、何が」

背筋から頭の奥に、ロックアイスが駆け上ったかのようだった。チヒロはあの夜のこと、つまり僕が幽霊と話をしたことなど、知るはずがないのに。

「んー、と、ね」

自分の髪を指先でぐりぐりと捻りながら、チヒロは言いにくそうに、

「オバケ出なかったっけ」

そう言って、窓の外を見た。

オバケというその言葉で、なぜか合点がいった。なるほど、そういえば、チヒロとも幽霊と遭遇している。

「オバケって、女の子の？」

「あ、やっぱり夢じゃないんだよね」

窓に映ったチヒロの顔は、安心と驚きが混ざったような表情を浮かべた後、一秒も置かないうちに、不思議そうな顔へと変化した。

「チヒロも見たっていうんなら、それは夢じゃないっていうことなんだろうね」

見慣れた風景が、滲むような夜の顔をしてそろそろと後退していく。まだ日付の変わっていないこの時間帯は、これまでの経験上幽霊が出てくるには早い。そう思うと、薄暗いこの風景も心なしか穏やかである。

「じゃあさ、その後のことも、夢じゃなかったはずだよね」

「その後っていうと」

「なんていうかな……えっと、わたし、一人で帰ったじゃない」

なんとなく、チヒロの言いたいことが分かってきた。その後というのは、つまりチヒロが僕を振った件なのだろう。

「だって、覚えてるもん、その時に乗ったタクシーの運転手の名前」

「うん、確かにあの夜、僕はビンタされて蹴っ飛ばされて指輪を投げつけられたよ」

「だったら」

日付は変わらずとも、やはり暗くなってからのこの道の通りは異様に少ない。本当ならば運転中の余所見は禁物だけれど、僕はアクセルから足を離して、チヒロの不信に満ちた表情を横目に入れた。

「だから、今日はそのことを謝りたくってさ」

「だけどあれって、謝って済むようなことじゃないよね」

そう言いながらも、口ぶりから判断するに満更でもないようだ。横目に引っかかるチヒロの横顔は、不信から少しずつ信頼に変わってゆく。

僕とチヒロとの恋愛は、今日のように職場からの帰り道、チヒロの運転手になることによって進み、深まっていったといえる。きっと過言ではない。

はじめのうちは駅前まで、しばらくするとバス停まで、それから間もなく自宅まで。僕らの距離は、チヒロが帰り道を一人で歩く距離と同じように縮まっていった。だから今日、チヒロを彼女の自宅まで無事に送り届けることができれば、僕らの関係はまた元に戻るのではないか。僕のそんな期待は、この忌々しい一本道の半ばに差しかかった今、確信に変わろうとしていた。

そんな時に、彼女は現れた。

後部座席に、うつむきながら座る、薄い青を基調としたワンピースの女性。バックミラーを通して、僕と幽霊は目を合わせた。

あれは夢ではなかった。

「チヒロ……」

いかにも深刻そうに響き、僕の声は車内を凍りつかせた。あのときと同じ道だということで、少なからず不安があったのだろう、チヒロもすぐに異変に気づいたらしい。

悲鳴を上げそうになるチヒロを「大丈夫だから」となだめつつ、急ブレーキ一歩手前の停車をする。僕は大きく息を吸い込むと、

「おい幽霊チヒロには指一本触れ——」

させないぞ、と。そう言う手はずだった。

それができなかったのは、あの少女の幽霊が、溶岩の目をかっと見開いたまま、僕の鼻先にぴょこん、と現れたせいである。

おかげで僕の勇気ある言葉は、悲鳴となって飛んでいってしまった。

＊　よん

予定では、僕の言葉に怖気づいて、幽霊が消えていくはずだった。

それがどうしたことか、幽霊は僕の悲鳴を聞き終わった後、残念そうに消えていった。

「まさか失敗するなんて……本当に申し訳ないです」

幽霊がこうしてしょんぼりとしているのも無理はない。なにしろ、この「泣いた赤鬼作戦」を考案したのは他でもない彼女である。

「仕方ないですよ、結局、作戦どおりにできなかったのは僕のほうですし」

見ているほうが申し訳なくなるくらいに落ち込む幽霊は、前に見たときよりもげっそりと痩せているようで、そのやつれた顔は僕に彼女のことを、幽霊であるということを理解していながらも心配させる。

「あの子に、邪魔しないよう言いつけておくべきでした」

「僕に進歩がないのがいけなかったんですよ。二度目だっていうのに、また悲鳴をあげてしまって」

　僕が自嘲気味に言うと、

「二度目は逃げなかったじゃないですか。進歩しましたよ」

　幽霊は落ち込んだ顔をしながらも、ふわりと笑った。その言葉は慰めなのかもしれなくて、からかいなのかもしれなかった。

「それにしても」

　バックミラーから視線を落とすと、幽霊が視界から消える。代わりに目に映ったデジタル時計は、深夜二時目前であることを音もなく伝えている。

「あの子……あの子供の霊って、なんなんですか」

　この話題の転換は話の流れに沿ったものなのか、それとも脈絡もなく変えてしまったのか、どちらなのだろう。どちらにしろ、これ以上、後部座席に座る幽霊の柔らかい笑顔を視界や、思考の中に入れておくことはなんとなく——恐ろしかった。

「なんなんですか？」

　更なる疑問形となって復唱される質問。言葉足らずであることは自覚していた。

「どんな霊なのかな、と思ったんですよ」

「どんな、かぁ。えーっと、素直じゃないけど、いい子ですよ」

それは、僕の期待していた類の返答だったのだろうか。僕はあの少女の人格を聞いたのだろうか。

そんなことは考えるだけ無駄だ。何かを知りたくて質問をしたわけではない。

「それから……ああ、どんな霊かっていうと、悪霊とか怨霊とか、そういう霊ですね」

「悪霊なんですか」

「はい、見た目は可愛いけど、怖いですよ。あの子のせいで死者だって出てるんですから」

いくら子供の姿をしているとはいえ、あの血眼の少女のことを可愛いだなんて、僕には到底思えなかった。

「死者が出ているんですか」

確かに、運転中にあんなものが現れれば、手元が狂って単独事故を起こしたって不思議はない。それに、あの少女ならば、人を呪い殺してしまいかねないような、そんな気がする。ならば僕にも死の危険があるということになるじゃないか。

頭が痛くなった。そんなに危険なものと、二度も遭遇してしまったというのか。

「だけど最近は、誰も犠牲にならないように、わたしが走り回っているから大丈夫ですよ」

いつの間にか、僕の目はバックミラーに向けられていたらしい。再び、幽霊の笑顔がふわりと視界に舞い込んだ。

それで、僕の頭痛は違う質のものへ変容してしまったらしかった。

「それは、親切ですね」

「はい、わたしはいい幽霊ですから」

彼女はそう言って、「多分」、また笑った。窓の外に向けられていた僕の目には、その笑顔を捉えることができなかった。

「僕のところにも、だから走ってきてくれたっていうことですか」

「いいえ。あなたに危険はありませんでしたよ」

振り向いてしまったのは、なぜだろう。

「あの子があなたの前に出てきたのは、あなたと彼女さんにいたずらをしたかったたっていうだけみたいですし」

見えない力を僕に与えているのは、果たして誰なのだろう。

「わたしがあなたの前に出てきたのは、あなたと彼女さんの仲を元に戻すためなんです」

おかげで、薄明かりの笑顔を真正面から見ることになってしまった。

「だから、一度の失敗じゃあ諦めませんよ」

幽霊の言葉に淡い喜びを感じたのは、いったいどうしてなのだろう。

＊ご

気づかないようにしていたことがある。

気づかないようにしていたということは、つまり本当は気づいていたということなのだろうか。気づいた上で、その事実を見ないようにしていたということなのだろうか。だとしたら、僕は相当に愚かだ。

ただ言い訳をするならば、チヒロに、幽霊に、そして僕自身に言い訳をするならば、本当に僕は気づいていなかった。気づきたくないことがあるような気はしていたけれど、その正体までは分からなかったのだ。

幽霊が「泣いた赤鬼作戦」の再決行を提案したとき、僕には気づかないようにしていたことがあった。それは、二度目の作戦を決行することによって生ずるリスクについて。そして何より、それに気づこうとしなかったそもそもの理由についてである。

僕には、もはや幽霊の力を借りる必要などなかったのだ。なにしろ僕とチヒロとの仲は、一度目の作戦にてチヒロを車に乗せたときから既に元の状態へ戻りつつあったのだから。

だったらなぜ、断らなかったのか。おかげで、僕とチヒロとの距離は再び遠ざかってしまったというのに。

「ごめんなさい」

幽霊は、本当に済まないというふうに頭を下げた。その頭は、なかなか上がろうとはしなかった。色素の薄い髪が、自動販売機の明かりに照らされて幻想的に輝いている。

「本当に、ごめんなさい。わたしが余計なことをしたせいで――」

結局のところ、作戦は失敗した。今回は邪魔も入らず、計画どおりの行動が取れたのに、である。

もともと「泣いた赤鬼作戦」というのは、僕が幽霊を追い払うことによってチヒロが僕のことを見なおし、僕とチヒロとの仲が今までよりも更によくなるというシナリオを描いたものだったのだけれど、今回の作戦では結果だけが欠けてしまったのだ。

僕が幽霊を追い払うとチヒロは、どうして幽霊が出るところに何度も連れてくるの、と聞いた。僕が答えられずにいると、チヒロは距離を置こうと提案した。僕は、それにも答えられなかった。チヒロを彼女の自宅の前で降ろしても、僕らの距離が縮むことはなかった。

不思議と悲しくはなかった。虚しかったのは、こうなることが予想外ではなかったからなのだろう。思ったことはといえば、これも仕方ないのかな、と、それだけである。

「いいんですよ。僕も、引き際が分かっていなかったんです」

僕はできるだけ優しい声で、とても落胆しているというような態度でそう言った。バックミラーの中で頭を下げ続ける彼女は、そういう態度しか予想していなかっただろうから。

ちらりちらりと、幽霊は様子をうかがうように少しずつ頭を上げていく。振り向いてそれに正面から向き合った僕の顔は、うまい具合に疲れた笑顔を貼りつけているのだろう。

「気を遣ってくれているんですね」

辛そうな笑顔も、僕の目にはたまらなくやわらかかった。

「あなたの気が晴れるにはどうしたらいいか、わたし、ちょっと考えてみたんですよ」

無理に明るく振舞おうとしている姿は、あまりにも健気だ。僕は、そんな幽霊の言葉に淡からぬ期待を抱いてしまっていた。いったい何をしてくれるというのだろうか。

僕の心境を知るはずもない幽霊は、悲しそうな笑顔をくらりと傾けた。頭の動きにあわせて肩口を流れるロングヘアは、もしかすると見えない毛先を持っていて、それを僕の喉に絡めているのかもしれない。

まだ、怖いのだ。息苦しさの理由に気づいている自分を認めてしまうのが。

「だけど、だめでした。わたしが何をやったって、きっと何一つ役に立てないと思うんです。それどころか、またあなたをがっかりさせてしまいます」

そんなことはない。まず、僕は今回のことでは何一つがっかりなどしていない。僕と、彼女の考える僕とでは、そこが決定的に違うのだ。僕はきっと、幽霊にはもちろん数日前の自分にとってさえ思いもよらないであろう歪み方をしている。

「だからわたし、もう――」

それは、

「あなたの前には、現れないほうがいいんじゃないかって」

それは嫌だ。そんなことになれば、それこそ僕は落胆してしまう。がっかりしてしまう。

「そんな」

急いで声を発した。そうしなければ、すぐにでもこの健気な幽霊が消えてしまいそうな気がしたから。

「そんなのは、嫌ですよ」

本音を隠す余裕もなかった。これ以上喋っていれば、僕の歪みは露呈してしまっていただろう。それにブレーキをかけたのは、なんでもないたった一回の呼吸だった。言葉の途中に挟んだ息継ぎが、その短い時間の間に僕のことを冷静にさせてくれたのである。

「いや?」

必死で考えた。嫌ですよ、の後に続く自然な言葉を。

「ええ、嫌ですよ。そんな理由で、そんな顔をされてさようならだなんて、それじゃあ僕の気分《ぶん》がよくないですよ。申し訳ない気持ちになるじゃないですか」

呼吸二つ分の間に考えたにしては上出来だったろう。結果も悪くはないようで、幽霊は僕にそんな顔と言われた顔をくしゃりと崩し、薄明かりが瞬くように笑ってくれた。

「そんなそんなって、それじゃあいろいろ考えたわたしの立場がないじゃないですか」

幽霊がこんなに生き生きと喋る姿を、僕は想像したことすらなかった。

「それに、そんな顔って、わたしの顔がダメみたい」

「そんなことはありませんよ。ぜんぜんダメな顔じゃないですよ」

「もう、そんな、照れるようなこと言わないでください」

僕の本心から出た冗談もうまい具合に受け流し、幽霊はふわりと笑い声をあげた。気づいてはいけなかったと自覚している。それでも僕は、気づいてしまったのだ。この、喉元を圧迫するような息苦しさの正体に。

「僕の気が晴れるにはどうしたらいいか、って言ってましたよね」

空気のほぐれてきた今がチャンスだと思った。話の流れなんかは関係ない。

「だったらまたこうして、話し相手になってください。それで僕の気は晴れますから」

気づいてしまえば、認めてしまえばなんのことはない。この気持ちは、なんらおかしなものではない。

手を伸ばせば抱き寄せられるほどの距離で微笑む幽霊は、見れば見るほど、とてもとても魅力的じゃないか。

＊ろく

これは、間違ったことなのだろう。

名前すら知らない幽霊に現を抜かしている暇があったら、さっさとチヒロと縒りを戻すことを考えたほうがいいに決まっているのだ。彼女だって、幽霊だってそう言うに決まっている。

それが分かっていながらも、僕はこうして自宅の洗面所ほどに見慣れた自動販売機の前へやってきていた。時刻はまだ午後十一時前。真夜中でなくとも幽霊が現れるということは、彼女との日々のうちで実証済みである。

車を降りると、湿気を孕んだ夜風が重く波打った。ここに来てしまったことへの後悔と、早く幽霊に会いたいという気持ちとが僕の頭を締めつけている。

「あの、幽霊さん」

自動販売機を真正面から眺めながら、僕は呼びかけていた。

返事はない。まだ、ここにはいないのだろうか。どこか違う場所にいるのだろうか。かまわない。もとから独り言のつもりだった。財布の中からつまみ出した小銭を、自動販売機に投入する。

「幽霊さん、僕にとり憑いたりなんかしていませんよね」

若干自嘲気味に言ってみると、どうしようもない気分になった。とり憑かれていようとそうでなかろうと、大して変わりはしないような気がしたからだ。どちらにしろ、納得しがたい状況であることに違いはない。

「幽霊さんって、もしかしてわたしのことですか」

待っていた声。恐れていた声。これまでの心境などは無視して、僕の気持ちは喜びに昂ぶった。

「いたんですか」

まだ、振り向きはしない。すぐ後ろにいるはずの彼女は、どんな顔をしているのだろうか。

僕の顔は、緊張して強張っているはずだった。

「いますよ、そりゃあ。会う約束をしたのはあなたじゃないですか」

「ああ、そうですよね。あの、こんばんは」

「はい、こんばんは」

なかなか顔の緊張が解けない。

「何か買うんでしょ。早く選んで、こっち向いてくださいよ」

飲み物を選んだら、振り向かないといけないらしい。僕はコーヒーのボタンへ伸ばしかけていた指を折り曲げて、その指先をふらふらと彷徨わせた。

「もう、迷ってるならわたしが選びますよ」

なんだか今日は機嫌が悪そうだ。軽い苛立ちを含む声とともに、販売機からは缶の吐き出される音がした。見ると、後方から伸ばされた手がコーンスープのボタンを押している。

白くてしなやかな指の先に、よく整えられた短い爪が座っていた。

「ああ」

驚いて振り向くと、

「ポルターガイストです。諦めてください」

声のとおり、機嫌を損ねた顔が僕のことをじっとりと睨みつけていた。

「そんなことはどうでもいいんです。幽霊さんってわたしのことですよね」

「まだ名前知りませんし、幽霊って呼び捨てにしたら悪いかな、と思って」

「じゃあ、やっぱりわたしのことなんですね」

思えば、お互いに立ったまま話をするのはこれがはじめてである。身長は僕よりも頭一つぶん近く低くて、肩幅は、おそらくほぼ同じ身長であろうチヒロよりも少しだけ狭いように思える。

「気に入りませんでしたか」

「いいですよ別に。幽霊さんでいいです。うん、しっくりくるからそれでいいです。幽霊さんって呼んでください」

機嫌の悪そうな顔のまま二、三度こくこくと頷いて、機嫌の悪そうな顔のまま、やっぱり僕のことを睨みつけた。

「そんなことも今はどうだっていいんです」

「あの、僕が何かしましたか?」

「それはこっちのセリフですよ。わたしが何かしましたか?」

腰に手を当てて、むっとした顔を僕に近づける。それだけで僕の顔は熱くなってしまった。

「わたしはなんにもしてませんよ。それなのにとり憑いてるだなんて、失礼もいいとこです」

「あ、ああ、そのことですか」

「はい、そのことです。まったく、どうしてとり憑かれてるだなんて思うんですか」

顔を引いて腰に手を当てた幽霊、いや幽霊さんは、怒っているというよりも呆れているようだ。そのことに僕が安堵しているのは、彼女が幽霊だからだろうか。それとも幽霊さんだからだろうか。

「特にこれといった理由は、ないんですよ」

幽霊さんは、はぁ？　という顔になる。特にこれといった理由もなく、あんなことを一人でつぶやいていた、ということになるのだから無理もない。

だけど、言えるわけがないのだ。あんなことを口走った理由を。僕の認めがたいこの気持ちを。

「しいて言うなら、悪い幽霊じゃあありませんよねっていう意味です」

無理やりに理由をくっつけてみる。怪訝そうな顔を向けられているというのは、なんとなく落ち着かなかった。

幽霊さんにそんな顔をされているのは、なんとなく落ち着かなかった。

「ひどいなぁ。わたしのこと、そんなふうに思ってたんですか」

「思ってたらこうして何度も会おうとは思いませんよ。ただ、幽霊とこうやっていい関係でいられるっていうことが、なんだか不思議で」

言ってから、それが嘘ではないことを自覚した。長らくチヒロにしか向けられていなかったこの感情を差っ引いてしまえば、つまりそういうことなのだ。

「あ、わたしたち、いい関係ですか」

薄明かりのような笑顔を見るのは、今夜はこれがはじめてだった。見ないことなど簡単な、気にしないことなど簡単な、造作もなく覆い隠されてしまいそうな笑顔。

「考えてみれば、いい関係ですよね。もうわたしたちって、えっと、あの……」

幽霊は、うつむき加減でこちらを見た。最初に出会ったときの不気味さはなく、僕の目にはたまらなくいじらしく映る。

「あの」

「どうかしましたか」

「変な意味はないので、あんまり深く考えないでくださいね」

澄んだ瞳は横にそらされて、それからすぐに、僕のことを上目遣いに見据えた。

「友達みたいな関係ですよねっていったら、嫌ですか?」

「どうして」

「ほら、いや、えっと、あの」

今日はなんだか歯切れが悪い。

彼女がはじめて見せるそんな姿は、僕にもはや幽霊を感じさせなかった。ただの、魅力のある一人の女性だ。

「幽霊の友達だなんて、死んだ人……みたいに聞こえませんか」

「僕が、ですか」

心配そうに僕のことを見上げている。

笑える。

「それは心配しすぎですよ」

幽霊にも、笑顔が戻る。僕は、僕の顔は、笑っているのに違いない。このやりとりが、目の前で、今まで見た中でいちばん明るい笑顔を見せている彼女とのやりとりが、あまりにも微笑ましかったからだ。

「ぜんぜん、そんな連想はしませんよ」

優しく、だけど小ばかにするように、僕は笑ってそう言った。

「あ、そ、そうですか。だったらいいんです。じゃあ……」

くるりと僕に背を向けて、

「仕切り直しましょう」

もう半回転したとき、彼女の顔からは、さっきまでのやりとりで培われた照れや恥ずかしさがさっぱりと消えていた。

「もうわたしたちって、友達みたいなものですよね」

顔からは消えても、声には残っている。不自然に張り上げた声は、照れ隠しに他ならなかった。

「ところで幽霊さん、まだ名前を聞いてませんよね」

「うわ、せっかく仕切り直したのに、いきなり違う話にしないでくださいよ」

「友達みたいっていうなら、名前ぐらいは知っておきたいなって」

友達みたいなものですよね、という言葉に、すんなりと同意することはできなかった。

チヒロの顔が脳裏に浮かぶ。ああ、ごめん、だけど僕は、友達じゃあ満足できないんだ。

「えっと、今更ですが僕の名前は」

「わたしのことは、さっきの『幽霊さん』でいいですよ」

自己紹介をしようとした僕の声は幽霊さんの言葉と見事にかぶり、仕舞いには打ち消されてしまった。

「どうして」

「どうしてもなにも、わたしは幽霊だって、それだけのことです」

もしかしたら、これで僕が「わかりましたよ」とでも言うと思っていたのかもしれない。僕の返事を待っている様子の幽霊さんに、僕は顔の筋肉を動かさないようにして立ち向かう。

二度の瞬きの後、幽霊さんは光沢に恵まれた髪をふわりと揺らしながら口を開く。

「つまり、「ゆ」と「う」と「れ」と「い」でわたしの名前だって、そういうことです」

「そうはいっても、生前に名前くらいあったでしょう」

「そんなものは、カラダや人生ごと、どこかに置いてきちゃいました」

置いてきちゃったけど、明日取りにいけばいいや。そう言い出すのではないかというくらい、幽霊さんの笑顔は楽しげで、軽い。だから僕の「ごめんなさい」という言葉には、言葉の選択を間違えているのではないかという不安と、はじめての手料理を人前に出すときのような自信のなさが溢れかえっていた。

「変なこと聞いちゃったみたいで、あの、ごめんなさい」

「あ、えっと、変な気を遣わせちゃったならごめんなさい」

交差する謝罪の中で、ばつの悪さを感じているのは僕だけではないだろう。居心地の悪いはずの雰囲気は、それでも同じ心境を彼女と共有しているのだという予感のせいで、一生の中で何度となく出会うであろうとりとめのない幸せのうちの一つにすら思われる。

「コーンスープ、いりませんでしたか」

たった今思い出したのに違いない幽霊さんの言葉は、彼女が思い出したらしい事柄を僕の頭にも蘇らせた。

「唐突ですね」の代わりに「そういえば」と言い、文句の言葉を考える暇もなくしゃがみ込んで、自動販売機の取り出し口から温かいスチール缶を取り出した。口をすぼめながら目を泳がせる幽霊さんは、「作為的」を絵に描いたようだったのだ。

「冷めてませんか」

僕が立ち上がると、泳いでいた目は上目遣いに固定され、今度は何やら様子をうかがっているようだ。

「いいえ、熱すぎなくて、ちょうどいい温度ですよ」

僕がこのコーンスープの温度についてどう思うかが心配で様子をうかがっているのではないのだろう。かといって、

「飲みますか」

僕がコーンスープをくれやしないかと淡い期待を寄せているわけでもあるまい。それなのに僕の腕は、缶を握ったまま幽霊さんのほうへ差し出されていた。

あまりにもわざとらしく話題を転換させた幽霊さんに対して、どういう態度をとればいいのか分からなかったのだ。

「あ、やっぱりわたしが勝手に選んだやつ、いりませんでしたか」

「いえ、そんなことは」

じれったい。

その顔。まさかこのままコーンスープについての話題を展開させたいわけでもないだろうに。さっきまでの話題を、完全に終わらせたつもりじゃあないだろうに。

「僕だけ飲むのも悪いじゃないですか。他にリクエストがあるなら、別の何かを買いますよ」

「なるほど、そういうことなら、お供えだと思ってもらっておきます」

色白の指が、淡黄色を基調とした缶に伸びる。手先にひんやりとした空気を感じて握る力を弱めると、ぬるいというにはまだ充分に温かいコーンスープは、幽霊さんの手中に収まった。

「じゃあ、いただきます」

ふわりと笑って、プルタブに指をかけて、

「あ、さっきの話ですけど」

インターバルが終わった。

「幽霊のわたしが、生きてた頃のことを考えてウジウジしても、どうしようもないじゃないですか」

幽霊さんが缶を口につけると、白い喉が小さく上下する。

「だから、わたしは死ぬ前なんて関係ない、ただの幽霊として生きていくことにしたんですよ」

白い喉が、今度は何度も大きく上下して、幽霊さんは缶の中を片目で覗き込んだ。もうほとんど残っていないらしい。いい飲みっぷりである。

「それに、生前はこんなふうに呼ばれてたんだよなぁ、って思うと、たまに切なくなっちゃうじゃないですか」

「そういうものですか」

同意を求めてみせたのは、彼女流の冗談なのだろう。幽霊さんのいたずらっぽい笑みは、以前とは違い僕を笑顔にさせた。

「そういうものだから、わたしのことは幽霊さんって、そう呼んでください」

幽霊さん。彼女のことをそう呼ぶようになって、僕の気持ちは更に深くなったらしかった。僕は、彼女に呼びかけることができるのだ。

僕はそれから、しばしば幽霊さんのもとへ通うようになっていった。もともとよく通る場所の一つであったこともあり、我ながらしつこいのではないかというほど、毎日とは言わないまでも足しげく。それでも彼女は僕がやってくるたびにやわらかい笑顔で迎えてくれる。

幽霊さんは話し好きであるらしかった。喋っているときの顔、聞き役に回っているときの表情を見ていれば分かる。そんな彼女が他人と話すのは久しぶりだと言えば、僕は舞い上がった。

幽霊さんは僕とチヒロとの仲をいつも気にかけていた。それに対して僕は、がんばって関係を修復しようとしている、ということにして通していた。実際には幽霊さんへの気持ちが後ろめたくて、チヒロとはろくに口をきけないでいた。

幽霊さんは僕に名前を聞こうとはしなかった。何度か彼女と触れ合ううちに、僕はついに名乗るタイミングを逃したらしいということに気がついた。だから、僕は彼女に名前で呼ばれることはなかった。

僕は焦りはじめていた。話していて楽しい友人以上には、恋人との仲を心配してくれている友人以上にはなりそうもない平行線のような幽霊さんとの関係に。

だから僕は幽霊さんの気を引くにはどうすればいいか、気がつくといつも考えるようになっていた。そんなときに、なんの妙案も浮かんでこないそんなときに、障害はやってきた。

＊　なな

なにも、障害が発生しないだなんて思っていたわけじゃあない。最初から、生死の違いという、とてつもなく大きな壁が存在しているのだ。すべて順調に、僕の思ったとおりの展開になっていくことなどはあり得ないのだし、もしそうなってしまったのならば、それはそれで、とても恐ろしいことである。

むしろ、障害を期待していた節すらある。確かに幽霊さんという女性とはもっと距離を縮めていきたいけれど、落ち着いて考えれば考えるほど、死者にのめり込んでいくという事実には恐怖を感じてしまっている。

それでも、いざ幽霊さんとの関係を邪魔されてみると、僕は喉の奥が渇ききるほどに——この言い表しがたい複雑な感情をたった一言に言い換えてしまうならば——嫌だ、と感じた。

僕は幽霊さんのところへ行った帰り道に、ハルヒコの姿をみとめてしまった。日付も変わった真夜中に、たった一人で突っ立っているのだ。怪異のあった横断歩道で、まるで青信号を待つ歩行者のように。

僕を待っていたのだと直感し、それは間を置かず確信に変わった。そうなってしまってはもう、止まらざるを得なかった。

「奇遇だよな、こんな時間に」

街灯の明かりが弱いせいでほとんど分からなかったハルヒコの表情は、車を降りた僕のすぐ近くにまで来たときには、見慣れたにやけ顔になっていた。その表情が仮面であることなど、僕が学生来の友人でなくとも容易に看破できたはずだ。

「冗談だろう」

「何が」

「だから、奇遇だなんて」

ふてぶてしくて、不気味。このにやけ顔は、ハルヒコ流の不敵な笑みなのだろう。それが普段の友好的な表情と何一つ変わらないものだから、僕は頭の中に無数の小石を詰め込まれたかのような得体の知れない気持ち悪さを感じてしまう。

「そうだよ、冗談さ。本気で奇遇だと思うほど鈍いわけじゃあないだろう」

このとき、僕は確かに、嫌だと感じた。

彼の介入が少なくとも僕と幽霊さんとの関係において、プラスにはならないだろうと悟ったからだ。

「そんな顔をしてるっていうことは、おれの嫌な予感が当たっていたっていうことなんだよな。黙ってるっていうことは、おれがどうしてこんなところにいるのか、なんとなく予想できてるっていうことだよな」

噛みそうになりながら、あらかじめ用意していたのであろう言葉を早口に言い切ると、急に表情をなくして、

「何をやっていたんだい、こんなところで」

優しく問いかけるような声音。無表情に見えるのは、取り繕った明るさと持てるかぎりの優しさを顔に出したものであるらしい。態度こそなんだか高圧的で、挑戦的にすら感じてしまう口ぶりではあるけれど、その実僕のことを心配してくれているのだろう。

だけど僕にとっては、心配してもらうだけいい迷惑である。

「こんなところでって言われてもなあ。ただの帰宅途中っていうだけなんだけど」

密会の帰り、という意味ではもちろんない。

「量販店で家電を見てきたところなんだけど、それは、こんなところでやっていたことじゃあないしね」

少し、おどけてみせる。余裕を見せつけておかなければ、きっとどんどんつけ込んでくる。

「わざわざこの道を通ってかい」

「わざわざもなにも、ここを通るのがいちばんの近道だからね、夜は通りもほとんど

ないから、これ以上いい道はないだろう」

量販店に行った帰りというのは、事実だった。しかしそれも、どうせ幽霊さんに会いにいくならば、というついでの用事に過ぎなかったのだけれど。

ハルヒコは無表情に見えるその顔で僕のことを胡散臭そうに眺めつくした後、突然に表情をくしゃりと崩して面倒臭そうに頭を掻《か》いた。

「分かったよ、おれの聞き方が悪かった」

何が分かったのか、僕には分からない。

「こう言えばいいのかい。おまえはここのところ、この場所にしょっちゅう通っているようだけど、霊の出た場所にやってきて、いったい、夜な夜な何をやっているというんだい」

たった今考えて繋ぎ合わせたのであろう不恰好な言い回し。それでもハルヒコは満足そうにして腕を組むと、どうだとでも言わんばかりに僕のことをまっすぐに見据えた。

もともとハルヒコがこのことを言いたがっているということぐらいは、彼のにやけ顔が暗闇の中から現れた段階で既に予想できていた。一緒にお札を貼りにいったその日以来、僕の動向がおかしい。つまりはそういうことなのだろう。

「ちょっと、待ってくれよ」

それでも、薄々感づいてはいたはずなのに、いざそう言われてみると、僕は驚きを隠せなかった。

「ここのところ、しょっちゅうって、どういうことだよ」

しまった、とでも言うようにして、ハルヒコは耳元に手をやった。

しまった、と言いたいのは僕のほうだ。しまった、幽霊さんとの密会はばれていたのか、と。

「いや、あのさ、言っておくけどな、後をつけたとか、そういうのじゃあないんだ」

僕が何も言い返さずにいると、ハルヒコは言い訳でもするかのように喋りだした。

「知り合いで、この辺りを縄張りにしてる個人タクシーの運転手がいてな、このところ、しょっちゅう同じ車を見かけるって言うんだよ。それも深夜に、だ」

なるほど、それが僕の車だということなのか。

「神主に知り合いがいると思ったら、タクシーの運転手にも知り合いがいるのかい。しかもこの辺りが縄張りだなんて、よくできた話だね」

「おいおい、疑っているのかい。確かにこの辺りが縄張りなのはよくできた偶然だと思うけどな、知り合いが二人いれば、それが神主とタクシーの運転手でもおかしくはないじゃないか」

むっとして言い返すハルヒコ。僕がおかしなところに突っかかってきたことに苛立っているのではなくて、僕に意地の悪い態度をとられたことがつまらないのだろう。

続けてもいいかい、という問いかけに僕が頷くと、ハルヒコは口を尖らせてため息をついた。

「それで……この辺りって、夜になるとほとんど車が通らないだろう。だから、この車は前にも通った、とかいうのはすぐに分かるんだそうだ」

つまりは他人に覚えられ、意識されるほど通いつめていたということだ。

「最初のうちはお勤めか何かだと思ってたらしいんだけど、それにしちゃあ帰ってくるのが早い。早ければ三十分ちょっと、長くても二時間かからずに、同じ道を引き返してくる」

幽霊さんと会って話す時間は、翌日の僕の予定によって大きく前後した。そういえば三十分ほどしか話せなかったこともあるし、二時間近く話し込んで、もうこんな時間だと言いながら帰宅したこともある。

「その話を聞いて、僕までたどり着いたわけかい」

「ああ、車種を聞いたら色まで同じでな、これはもうおまえのことだと思うだろう。それで、様子を見にきてみれば、案の定だ」

「だけど、同じ色の同じ車なんて、何台だってあるだろう。僕が今日、たまたまここを通っただけだとは思わないのかい」

せめてもの抵抗。案の定だ、だなんて得意げに言われて、はいそうなんです、その車はきっと僕のものに違いありません、と言ってやるのでは、なんだか悔しいじゃないか。

「言い忘れてたよ、ナンバーまで同じだったって」

にやけ顔。僕は思わず自分の額を押さえていた。

「ほらな、やっぱり通っていたんだろう」

どうせ、最初からこの切り札は隠しておくつもりだったのだろう。してやったりという顔が、どうにも憎たらしい。

「さて、もう一度聞くけどな、おまえは夜な夜な、心霊スポットまで来て何をやっていたんだい」

「そんなことは僕の勝手だろう」

まだ抵抗する。我ながら痛ましいほどのしぶとさではあるけれど、だからといって幽霊さんのことを話すわけにはいかない。僕の気持ちを正直に話しても、事実を歪曲して幽霊さんのことを話しても、どうせ除霊しようという流れにしかならないだろうから。

「そりゃあ、そうだけどな」

言いながら、こつりこつりと歩きだした。何事か、と追おうとするも、同じ場所を行き来しているだけだった。立ったままでいたせいで脚が疲れたのだろう。

「ただ、これだけは聞いておきたいんだけどさ」

歩きながら、ちらりとこちらに目をやる。

「とり憑かれてなんか、いないよな」

ハルヒコの言葉は、どうしてだろう、冷たかった。口調とか、そういう問題ではない。触覚的に、冷たく感じたのだ。

「憑かれてって、何に」

分かりきったことを聞き返した。分かりたくもなかったから聞き返した。

「何って、前に見た女の霊か、おまえがチヒロさんと見たっていう少女の霊だよ」

こんなときに、浮かんできてほしくないときに、どうしようもなく幽霊さんの顔が思い浮かぶ。

とり憑かれてる。第三者の言葉は、胸に氷の刃が突き刺さったかのごとく身に沁みた。とり憑かれているのではないかという僕の不安よりも、とり憑いていないという幽霊さんの主張よりも、ハルヒコの言葉はずっと力を持っているらしい。

「まさか」

だけど、そんなはずはないのだ。

「だったら、安心なんだけどな」

「だいたい、どうしていきなりそういう発想になるんだい」

動揺を隠せなかった。

自分でも、そんなことを尋ねることの意味のなさに気づいていた。霊の出る場所に通いつめているのならば、そうと疑われても不思議はない、むしろそう疑われて然りじゃないか。少なくとも、僕はそう思っていた。

僕はそう思っていたのに、ハルヒコは。

「うーん、それなんだけどな」

ハルヒコには、僕が考えた安直な連想ゲームとは別に、とり憑かれているという発想へ向かう確固とした理由があるらしかった。

「おれさ、実はチヒロさんから相談受けてたんだよ」

様子をうかがうように、言いにくそうに。

「おまえさ、おれと幽霊退治にいった後、チヒロさんを乗せてこの道を通ったそうじゃないか。それも二回も」

チヒロとハルヒコとは、僕を経由しての知り合いである。僕の知らないところで恋人と友人が密談していただなんて、幽霊と密会をする自分を棚に上げるようだけれど、なんだかざわついた気分になってしまう。

ハルヒコの口調が下がっているのは、そんな僕を気遣っているからだろうか。それとも、相談内容を暴露しようとしているという、チヒロへの後ろめたさからだろうか。

「それでさ、その二回とも、幽霊を追い払おうとしたんだってな」

ハルヒコが歩くのを見ていると、僕の脚まで疲れを思い出してしまう。準備運動のように足首を回してみると、申し訳程度に疲れが治まった。

「言っちゃあ悪いんだけどさ」

ハルヒコの足が止まる。それまでは意識の外にあった足音が急に頭の中で蘇り、深夜という時間帯の持つ特有の静寂が耳にうるさく響きだす。

「普通、そんなことするかな」

何かを探るように、いつしかハルヒコの目は僕の顔へまっすぐに伸ばされていた。

普通、そんなことはしないだろう。まるで他人事のようにそう思う。僕の体から抜け出した何者かが、僕の姿を見下ろしてそう思っているのかもしれなかった。

普通、そんなことはしないだろう。少なくとも僕が、そんなことをするはずがない。自分のことは自分がいちばんよく分かっているつもりだ。情けないことだけれど、僕は真正の臆病者である。

「そんな言われ方をされたって、実際にやったんだから仕方ないだろう。名誉を挽回するためには、それがいちばんだと思ったのさ」

「その発想も分からなくはないけどな。だけどチヒロさん、言ってたぜ。普段のおまえから考えると、そんなことをするとは思えないのにって」

「僕だって、度胸を見せるときは見せるさ」

チヒロがそう思ったのも無理はないだろう。何しろ最初に幽霊と遭遇したときには、悲鳴をあげて一人だけ逃げ出したのだ。それでも、彼女にそうやって思われていたという事実には、身体が押し縮められるような切なさを感じる。

「度胸とか、まあ確かにそういう面もあるけどさ、おれが言いたいのは……チヒロさんが言っていたのは、おまえはそんなに無神経だったっけっていうことだよ」

なんと言い返せばいいのか分からなかった。

まず、ハルヒコの言っている意味を正確に捉えるために、僕は頭と時間を使いすぎていた。そしてそれが、幽霊さんと共に実行した計画に抱いていた唯一の懸念と同じであるということに気づくと、僕は足元がふらつきそうになるのを堪えるだけで精一杯だった。

「普通、霊が出るって分かっている場所に、二度も続けて恋人を連れていくかな。怖がりのおまえが霊を追い払おうとしたぐらいだから、どうせ霊が出てくることを前提として、それなりの覚悟を持ってこの道を通ったんだろう」

様子をうかがうようにたどたどしく話していたはずのハルヒコが、いつの間にか、挑戦的で畳みかけるような口調に戻っている。

「おれだって同意見だよ。おまえは臆病者だけど、そのぶん思慮深いやつだろう。なんでそんなことをしたのかなって思ったよ」

思慮深い。そう思われていたというのは光栄だけれども、この状況では息苦しさしか感じられない。

「そして、おまえがこの場所に通いつめてるって聞けば、怪しいって思うだろうよ。おれは思ったね、霊の影響かって」

霊の影響。確かにそれはそのとおりなのだ。それでも、ハルヒコが思っているのとは絶対に違う。

「とり憑かれては、いないよ」

なんと言えばいいのか分からなくて、とりあえずそう言った。

どんな顔をして、どんな声でそう言ったのかは分からない。自分の耳に聞こえていたはずの自分の言葉は、思い出そうとしてみても既にただの文字列でしかなかった。

ハルヒコはまた表情のない顔をして、僕を眺めながら口をつぐんでいる。静寂がうるさくてたまらない。

「とり憑かれては、いないよ」

もう一度言ったのは、ハルヒコの返事が欲しかったからだ。少しの間を置いてハルヒコが息をつくと、僕はどうしようもなく安心した。

「おまえがそう言うんなら、とりあえずは引き下がるよ」

ここまで追い詰めておいて、引くときはあまりにもあっけない。肩透かしを食らったような気分だ。

「だけどな、何かあったら言ってくれよ。おれもチヒロさんも、おまえのことを心配してるんだ」

まったく、きれいにまとめてくれたものだ。

「そういえばハルヒコ」

彼の言葉にまともに応えるなどということは、考えただけでもあまりに照れくさかった。自分の車のドアを開けながら、僕はハルヒコに笑いかけた。

「こんなところまで、きみはいったいどうやってやって来たっていうんだい。見たところ車もないし、まさか歩いてくるような場所だとも思えないけど」

「ああ、それなら、さっき言ってた知り合いのタクシー運転手が、ここまで乗せてきてくれたんだよ」

僕の声に、ハルヒコはにやけて応える。普段の空気。

「呼べばすぐに迎えにきてくれる。しかも知り合いっていうことで、かなりの割安だ」

「なんだ、せっかくだし家まで送ろうと思ったのに、それなら必要ないね」

「ああ、悪いな」

運転席に座り、ドアを閉める。キーを回して、ハルヒコに軽く手を振りながらアクセルを踏もうとした。

その足が反射的にブレーキを踏んでいたのは、車のすぐ前に、ハルヒコがいきなり倒れ込んだからだ。

「な、何やってるんだよ」

下手をすると轢いていた。パワーウインドーを開けて呼びかけると、立ち上がったハルヒコがぽかんとした顔で、

「ああ、いや、すまない」

不思議そうに、つぶやいた。

「なんか、突然、くらっとしてさ」

どうしたんだよ、と聞く前に、呆然としてハルヒコは言った。

どうしたんだよ、と聞かなかったのは、さっきまでハルヒコが立っていたはずの場所に、まっすぐに手を伸ばす少女の姿を見たからだ。ハルヒコは気づいていないらしい。

人を突き倒した直後というような腕の伸ばし方。

少女は笑っていた。声はない。顔だけ。

慌てて車を発進させたのは、その少女が僕のことを見ていたからだ。溶岩のように真っ赤な血を湛えたその目で。

僕は、
また逃げた。

大切な人を残して。

去り際に見た信号機は、青く点っていた。

＊　はち

少女の霊のことを幽霊さんに尋ねるのは、それが二度目だった。

以前のように、話題を逸《そ》らすためではない。何しろ、あの悪霊のせいで危うく友人を轢きかけたのだ。僕がその件について話し終わると、幽霊さんはただでさえ青白い顔を真っ青にして、ごめんなさい、と震える声で言った。

「そんな、幽霊さんが謝る必要はないじゃないですか」

まったく意図しないままに、幽霊さんに謝らせてしまった。これでは僕のほうが申し訳ない気持ちになってしまう。

「いいえ。わたしがちゃんとあの子を見張ってれば、こんなことにはならなかったんです」

　こんなことに。まるでハルヒコが死んでしまったかのような言い草だ。だけど、そんな縁起の悪い言い方をしないでください、と言えるような雰囲気ではない。

「友達は無事だったんですし、そんな顔をしないでくださいよ。それに、幽霊さんがあの悪霊を見張る義務なんてないじゃないですか」

　勇んで言ってみたはいいものの、彼女たちの事情を何も知らない僕が、義務などという言葉を使ってよかったものかと考えてしまう。

「だいたい、幽霊さんとあの少女の霊って、いったいどういう関係なんですか」

　自分のことのように悪びれる姿を見ていると、やはりそのことが気になってくる。以前には幽霊仲間だというようなことを言っていたけれど、そんな実のない答えで納得するつもりはない。

　呆れてしまうのは、こんな状況でも、幽霊さんと少女がもしも親子だったら、と考えて不安になる自分がいるということだ。

「わたし、あの子の保護者みたいなものなんです」

「えっと、それは」

「あ、親子だとか、そういうのじゃ、ないですよ」

　安堵する自分に、やはり呆れる。

「そりゃあそうですよね。あんな子供がいるようには見えませんもん」

あんな、の意味するのが少女の年齢のことなのか、それとも悪霊という性質のことなのか。それは言葉の主である僕にとっても曖昧だ。幽霊さんがいったいどういう意味に捉えたのかは分からないけれど、なんにせよ僕は今日はじめて、彼女の柔らかな笑顔を見ることに成功した。

「お友達、あの子に背中を押されたって言いましたよね」

言いにくそうに、言いにくそうに。うつむきながらの上目遣いで。

「わたしも、そのせいで車に轢かれて死んだんです」

とんでもないことを告白した。

「そのせいでって」

「押されたんです、あの子に」

今夜二度目の笑顔。その柔らかさの中に含まれる感情は、あまりにも多い。

「じゃあ」

喉の奥では、様々な言葉が浮かんでは消えていく。

「なんで」

何を言えばいいのか。どんな言葉をかければいいのか。何を言えば幽霊さんのことを傷つけてしまわないですむのか。

「どうして」

僕はいったい、何を聞きたいのだろうか。

結局僕は、幽霊さんの目をじっと見ていることしかできなかった。そうすれば何かは伝わるだろう、という考えがあった。助けを求めているのかもしれなかった。

「だから、わたしはここにいるんです」

言葉に詰まる僕を見かねたのだろう、幽霊さんの柔らかい声が、どこか寂しく、そのくせたくましさを感じさせる色をもって響いた。

「わたしみたいに死んじゃう人が出ないように、わたしはここに、あの子と一緒にいるんです。だから、あの子が悪いことをしようとしたなら、わたしが止めにいかないと」

「そんな。幽霊さんがそんなことしなくても……悪いのは全部、あの悪霊だ」

幽霊さんは笑った。それまでどんな表情をしていたのかは思い出せないけれど、きっとそれまでも笑っていたのだろう。

「ああ、そうだ。思いつきましたよ」

柄にもなく、僕は興奮している。客観的に自分を見下ろしている自分は、もしかするとそんな自分に酔っている。

本当に、いいことを思いついたのだ。

「あの悪霊を退治できる人を、探してきますよ。それですべて解決だ」

もともとあの幽霊を退治しようと考えていたのだし、幽霊さんにとっても彼女は自分を殺した憎むべき相手なのだ。同じ敵に立ち向かうとなれば、うまくすれば平行線のような幽霊さんとの関係にも変化があるかもしれない。

そんな妙案に対して、幽霊さんは首を振った。

「そんなこと、やめてください」

自動販売機の明かりに照らされるその表情は、泣きそうな顔にも、怒っている顔にも見える。僕はそんな顔を見ているのが辛くなって、視線を落とした。

足がある。今更意識するようなことでもないけれど、その事実は彼女のことを愛おしく感じさせる要因の一つになっていた。

「前にも言いましたけど、あの子、素直じゃないけどいい子なんですよ」

「だけど」

続く言葉を、幽霊さんは待ってくれているようだった。それなのに、僕にはほんの少し顔を上げて、幽霊さんの困った顔にも見える表情を視界に入れることしかできなかった。

「あなたと彼女さんの邪魔をしたのだって、きっと構ってほしかっただけなんです。わたしを車道に突き出したのだって……あの子、寂しかっただけなんです」

僕とチヒロの間に割り込んだことと、生前の幽霊さんを殺したことと。そんなものが、そんな比べ物にならない二つが並列にされてしまっている。恋人との仲にちょっかいを出されただけの僕が、どうして命を奪われた彼女に我を通せるだろう。

「だから、わたし、あの子のことを――」

守ってあげたいんです。小さな声で、そう言った。

あの子の保護者みたいなものなんです。つまり、そういうことなのか。

「ごめんなさい」

それが幽霊さんの答え。

どうして、謝られているのだろう。

僕は、どうしようもなく居た堪れなくなって、とうとう何も言えずに車に乗った。


その帰り道のことだ。悪霊が現れたのは。

信号機が赤く点っていた。

普段はこの時間ならば点滅信号になっているはずだ。そのことを思い出したのは信号を前に完全に停車してからのことで、だからといって恐怖が込み上げてきたのかといえばそういうわけでもなく、ああ、またか、と、そうぼんやりと思っただけだった。

最初の怪異では、除霊を企む僕らの足止めをしておきたかったのかもしれない。この間、青く点っていたのは、さっさと立ち去ってほしかったからに違いない。こうして今、赤く光っているということは、まだこの領域から出るなということなのだろう。ハルヒコが突き倒されたときに感づいた。あの信号機の表示は、そのまま悪霊の意思なのだ。

間もなく、前方の横断歩道に少女の姿が現れる。どうせ出てくるのだろうと予想がついていただけに、僕の感情には小波ほどの揺れもない。悪霊を前にして恐怖を感じないのは、そういえばはじめてのことだった。

少女は、横断歩道の半ばに立ってこちらを見ているらしい。ヘッドライトのせいで必要以上に強く照らされた少女の顔は真っ白で、どんな顔をしているのかは判別がつかない。

それなのに僕には分かったのだ。

のっぺらぼうのようにしか見えない少女の口が、動いた。少女の声が聞こえたせいでそう思い込んでしまったのか、それとも本当に僕の目がそう認識したのか。どうだっていい。彼女の口はかすかに動いたのだ。ぼそぼそとして何を言っているのかは分からないまでも、確かに今、耳に響いているのはあの少女の声だ。

口の動きが止まる。言いたいことを言い終えたらしい。それでも僕には、何一つ伝わっていない。見えるはずもないのに、少女の顔が不機嫌に染まっていくのが分かる。

不機嫌な顔を傾けて、お下げの髪を揺らしながら、少女はまた、何事かを口にした。

やはり伝わらない。言葉のような響きを持った小さな声は、異国語かもしれなくて、呪詛の言葉かもしれなかった。日本語でないとも言い切れなかった。

今度こそちゃんと聞き取ってやろうかという、そんな気になる。僕は耳を澄ませた。

少女の口は動かない。声は聞こえない。

それから多分、長い間、少女は喋らずにいた。何も言わずに僕のことを見ていた。足に疲労感を覚えるほどブレーキを踏み続けたころ、いったいどれくらいこの状態でいるのかが気になった。

二時四十四分。車の時計はそう示している。だからなんだっていうんだ。いつからこの場所に停車しているのかも分からないというのに、時計を見ただけで、少女と向き合っている時間などが分かるはずもないだろう。無意識に逸《そ》れてしまった視線を窓の外に戻す。

少女は、いなかった。

軽く辺りを見回してみるも、それらしい影は見当たらない。風景は正常だ。こんな真夜中に出歩く者などはいない。

ため息が出たのは、安堵のせいだろうか。信号機は黄色い明かりを点滅させている。

アクセルペダルを踏み込んだ。何事もなかったかのように、という言葉が頭に浮かんだ。少女が何を言っていたのかを知りたかったような気がするのと同時に、無駄なことに時間を費やしてしまったというような気もする。

横断歩道を通り越した後に僕がとてもとてもつまらない気分に見舞われたのは、色のない歩行者用信号機を横切った瞬間に、悪霊の声がしっかりと耳に入ってきたからだ。

おねえちゃんを、とらないで。

純粋で切実で、機嫌の悪そうな恨みがましい声。つまらなかった。つまらなくて、むかつくほどだった。

邪気のない子供の望み。だから、僕を遠ざけるためにハルヒコまでをも危険にさらしたというのか。

寂しがり屋な子供の頼み。だから僕に、幽霊さんに会うなと言いたいのか。

幼い子供の声。だから僕は、つまらなかった。

＊　きゅう

花束なんて、チヒロにすら渡したことがない。母の日のカーネーションだって、いつも一輪の造花だった。

だから僕が誰かに花束を渡すのは、もしかするとこれがはじめてのことなのではないだろうか。助手席では、閉店直前の花屋で買った、ほのかに香る瑞々しい花束が車の振動に合わせて揺れている。

いつものように自動販売機の前で車を止めた。一度の深呼吸の後、割れ物を扱うかのような慎重さで花束を抱きかかえて外に出る。花粉の混じった空気が夜の闇に飲まれていくのを、香りに慣れきった鼻腔で感じた。

瑞々しい空気が顔の近くで溢れている。ひんやりとした心地よさが、腕の中に広がる。

「こんばんは」

聞き慣れた、柔らかい声。その中にしこりのような硬いものが混じっていることなど、僕に分からないはずもない。不安になって見てみると、幽霊さんの表情は、やはり普段とはほんの少しだけ違っていた。車の屋根に隠れているせいで目元しか見えはしないけれどそんなことは問題ではない。

「こんばんは」

自動販売機を背にして立つ幽霊さんに、車を挟んだままで挨拶を返した。車の周りを半周すると、僕は幽霊さんに微笑みかける。

「こんばんは」

二度目の挨拶。どうしたんですか、という意味を込めて。幽霊さんは僕のことを見上げるようにして瞳をくるくると泳がせると、困ったように、ふわりと笑った。

「こんばんは」

幽霊さんの、儚げな笑顔。今すぐにでも抱きしめたいという欲望は、花束を抱える腕に少し力を入れることによって紛らわされる。

「また来てくれるなんて」

肩をすくめる姿が、また愛おしい。おどけた笑顔は、僕の心音を大きくした。

「どうして。もう来ないなんて言いましたっけ」

調子を合わせておどけてみせる。それでようやく、幽霊さんは混じりけのない柔らかさで笑ってくれた。

「言ってませんでしたよ」

首を振って、にこやかに。幽霊さんが気にしているのは悪霊のことか、もしくは前回の別れ方についてだろう。それでも僕は、普段と変わらずやってきた。幽霊さんの反応は、そんな僕に喜びの確信を持たせるには充分すぎた。

「今日は、この花束を渡そうと思って」

「ふぅん。いったい、誰に」

まったく、分かりきったことを聞く。

「決まってるじゃないですか。幽霊さんに、ですよ。他に誰がいるっていうんですか」

花束に向けられた視線には、何か、見たことのない色が含まれているように思われる。それが僕にとっていいものなのか、悪いものなのかは分からない。それでも僕は、幽霊さんに向かって微笑んでいた。

「どうして花束なんか？」

「ああ、それは、ですね」

あらかじめ考えておいたはずの言葉が、この肝心な段になって、喉につかえて出てこない。挙句、出てきた言葉は、

「お供えですよ」

最悪だった。最悪の照れ隠しだった。淡い紫色をした小さな花がいくつも咲き乱れ、その中で点々と、赤く小さなぼんぼりのような花たちが存在を主張している。地味と言ってしまえばそれまでの、少なくとも派手ではない花束ではあるけれど、それでも、死者に手向けるために買ったものではない。

「ああ、なるほど」

手をぽんと打ち、幽霊さんはその手を僕に向かって差し出した。にこやかな顔の中、瞳の奥には、先ほどとはまた違う色が揺れているような気がしてしまう。

「じゃあ、受け取っておきますね」

不安だった。花束を渡した後、僕の腕の中には不安だけが残された。正体の分からない不安は、そのせいだろうか、とても重い。

「はい、ありがとうございます」

花束を受け取り、柔らかな笑顔の幽霊さん。薄い青色をした服装に、紫と赤の花束はよく似合っている。

「だけど」

笑顔のまま、困ったような笑顔のまま、幽霊さんは首を傾ける。ここで、不安の正体が姿を表した。

「ちょっとショックだなぁ」

冗談でも言うみたいにしてはにかんだ幽霊さんの顔。僕のことを傷つけまいとして作られたのであろう表情は、僕に、幽霊さんを傷つけたらしいことをひどく意識させる。

「わたし、死人だって意識されないように、明るくしてるのになぁ」

手先が、膝が、かくかくと震えだした。頭の半分が抉り取られてしまったかのように、僕は何も考えられずにいた。考えようとしてみたところで、何を考えればいいのかさえ分かりはしなかった。

「そうじゃなくても、わたし、自分のことを死人っぽくないなあって思ってるのに」

笑って応えれば、それでいいのかもしれない。幽霊さんだって、僕に反省してほしいわけではないのかもしれない。それなのに笑顔を作ることができなかったのは、この場を丸く治めることが僕の目的ではないからだ。

「だけど……生きてる人から見ると、やっぱりわたし、死人ですか？」

幽霊さんからの質問。僕は焦った。何も、いい言葉を思いついていない。口だけが意味もなく動いた。

首を傾けたまま、幽霊さんは僕のことを微笑みながら見上げている。青白く、痩せた顔。僕の返答を待っている。

なんだ、こんな質問、考えるまでもない。

「あの、えっと、ちょっと、からかってみただけですよ。せっかくお花、持って来てくれたのに、意地悪なこと言って、あの、ごめんなさい」

僕が何も言わないうちから、僕の無言が心配になったのか謝りだす幽霊さん。

慌てる姿。こんな幽霊さんを見て、僕が彼女のことを幽霊だと意識するはずもない。

「幽霊さんのことを、そんな、死人っぽいとか幽霊っぽいとか、そんなふうに見ているわけ、ないじゃないですか」

街灯の乏しい夜道。砂埃で少し汚れた僕の車。目を見張る幽霊さん。煌々と光る自動販売機。車の窓に映った、泣きそうな僕の顔。視点が定まらない。緊張しているのか怖いのか、暴れたいのか絶叫したいのか、泣きそうなのか笑いたいのか。分からない。きっと、すべて正しい。

紫色の花が見えて、頭の中が急に静かになった。

「幽霊さんのことを幽霊だとしか思えなかったら、こんなもの、花束なんて、渡しませんよ」

僕と幽霊さんの間で、ぱりぱりと軽い音がした。花束を包んでいるビニールが、幽霊さんの腕に強く抱かれる音だった。

「その花束はお供えなんかじゃない。プレゼントですよ。幽霊さんへの」

幽霊さんは、驚いている。目を見張り、表情をなくして僕のことをじっと見ている。

「つまり、そういうわけですよ。僕は、幽霊さん、あなたのことが、どうしようもなく、女性として気になるんです」

こんなに一方的で情けない告白は、今までにしたことがなかった。

もはや自分の心音すら聞こえないほど、僕の心は昂ぶっている。今の僕の耳は幽霊さんの声を聞くためだけにあり、僕の目は幽霊さんの顔を見るためだけにしか存在しない。

そんな僕の耳は、間もなく破裂音に近い高音を聞いた。僕の目は、一瞬のうちに幽霊さんを見失った。痒さと熱さとを持った激しい痛みが顔の芯を刺し、幽霊さんに頬を打たれたのだと気づいた時、僕は消えてしまいそうになった。

冷たかった。あまりにも冷たいせいで、泣きそうだった。幽霊さんの手は、彼女が死人なのだと思わざるを得ないほど、冷たかった。

「そんなの、だめですよ」

冷たい手に打たれた熱い頬は、幽霊さんの声に震えて更に痛みを増していく。そのせいだろうか、幽霊さんの声が、まるで悲しんでいるかのような震え方をしていると感じてしまう。

「彼女さんは、どうするんですか」

何も言えない。幽霊さんは、僕とチヒロの仲が元に戻るよう、願ってくれているというのに。

「それに……目を覚ましてくださいよ。わたしは、幽霊なんですよ」

そんなことはどうでもよかった。そんなことが、ここまで来た僕にとって、いったいどれほどの障害になるだろうか。

強制的に横を向かされていた首を、頬の痛みを吹き飛ばさんばかりの勢いで幽霊さんのいるほうへ向き直らせた。

幽霊さんは、いなかった。

もう、出てきてはくれないのだろう。そんな気がするだけとはいえ、息苦しいほどの確信がある。

花束すら消えてしまったこの場所には、不思議なことに絶望はない。悲しみすらも感じない僕の心には、空虚が渦巻いているだけだ。

そんな空間で笑っているのは、悪霊だけ。声を発しているのは、少女の霊だけ。空虚な心の中を、おかしそうな笑い声が何度も何度も反響し、踏み散らかしていく。

「振られたね」

一瞬だけ同情するような声音になり、またすぐにあざけ笑う。怒らせたいのだろうか。僕は、悪霊の姿を探す気にすらなれないというのに。

「来ないで欲しかったのに、また来て、そして振られて」

こうなってしまっては、ただの悪ガキだ。近づいては遠ざかって、時折跳ねては駆け回る。悪霊の声は、姿が見えない少女の動きを、あまりにも簡単に想像させる。

「そうだ、いいこと思いついた」

すぐ近くで、声が立ち止まる。その声は、微笑ましいほどの無邪気な提案を予感させた。

「おっさんも死んじゃえば、おねえちゃんと同じ幽霊になれるかも」

視界が傾いていく。

そういえば、小さな手に押されたような気がする。

目の前には僕の車があって。傾いていく僕の上半身は、やがて車道にはみ出して。

僕が倒れてくるのを待っていたかのように、車道を車が走ってきた。

このままじゃあ、轢かれて死ぬなあ。そう思った。

幽霊さんと、これで結ばれるのかなあ。そういう期待がないわけではなかった。

恐怖を感じる暇などなかった。走ってくるのがタクシーであるらしいことを確認して、僕は目を閉じた。ただの一回の瞬きだったのかもしれない。


「あぶねえだろうが、おい」

乱暴な口をきくその声には、聞き覚えがある。

「なんだ、ハルヒコじゃないか」

「そうだよ、おれだよ。来てやったんだよ、助けにな。そうしたらどうだ、助けにきたはずが轢き殺すところだったよ、ばか野郎」

タクシーから急いで降りてきたらしいハルヒコが、倒れている僕の腕をつかんだ。

僕の身体はなぜか、さっき倒れたのとはまったく逆の方向へ倒れている。

「助けにって、いったいどういうことだい」

なぜか。

そんなことを疑問に思うほうがおかしい。僕は見ていたじゃないか。幽霊さんに抱き寄せられ、反対側へ投げられたあの瞬間を。

なかなか乱暴な助け方だったな。そう思って、なんだか笑える。

「おまえが性懲りもなくここに通ってるみたいだからな、とうとうお祓いをしに来たっていうことさ。やめろ、とか言うなよ。いくらとり憑かれてたって、死にかければさすがにやばいって思うだろう」

「いや、やめてくれよ」

立ち上がると、倒れたときに打ったのだろう、肩や膝がずきずきと痛む。ハルヒコときたら、その傷む肩をがっしりとつかんで、しかも揺らしてくる。振り払おうにも、腕に力が入らない。どうやら腰が抜けているらしい。

「おまえなあ、そう言うなよって言ったばっかりだろうが。まだとり憑かれてるのかよ」

「そんなことは、ないよ。最初からとり憑かれてなんかいないし、倒れたのだって、単なる事故さ。しかも、助かったのは幽霊のおかげだ」

「やっぱり憑かれているんじゃないかよ。そうでなきゃ幽霊、だなんて口にしないだろう」

あまりにも真剣なハルヒコの顔を見ていると、笑いを堪えることができなかった。腰の抜けた力のない笑い声が、僕の耳でひゃいひゃいと跳ね回る。

「幽霊ぐらい、憑かれてなくても言うだろう。少しは落ち着けよ、ハルヒコ」

「おまえはどうして笑ってるんだよ、死にかけといて。やっぱりおかしいだろうが」

「それは君がおかしいからさ」

むっとして、ハルヒコはようやく僕を放してくれた。すると途端に倒れそうになって、僕はよろけながら自動販売機にもたれかかった。まだ、脚にも力が入らないらしい。

「僕は無事だし、とり憑かれてもいないよ。この場所にだって、もう通わない。けりがついたんだ」

自動販売機は、明かりがついているせいでほかほかと温かい。

けりがついた。どうしてそんな言葉が出たのかは分からないけれど、考えてみれば、きっとそういうことなのだろう。

「だから、いいよ。お祓いなんかしなくても」

言ってから、悪霊の顔が思い浮かんだ。いたずら好きで、寂しがり屋で、死者を出してしまいかねない危険な霊。だけど、少女の悪事は、今後も幽霊さんがなんとかしてくれるに違いない。

「だいたい、君にはできなかったじゃないか。幽霊退治」

皮肉っぽく言ってやると、ハルヒコは普段の、真意が見えないにやけ顔で、彼の乗ってきたらしいタクシーを示してみせた。僕の倒れる予定だった場所を数メートル通り越した場所に停まっている、白い車。車種はよく見る乗用車で、ルーフ部分にランタンが乗っていなければタクシーとは思えない。

「一緒に乗ってきたんだよ、その道の人とな」

タクシーの窓は中が見えにくくなっているらしく、その道の人とやらを見ることはできない。僕はハルヒコに、にやけてみせた。

「また、知り合いかい。顔が広いね」

「知り合いが三人いれば、そういう人がいたっておかしくはないだろう」

負けじと、とでも言うのだろうか。ハルヒコはとても楽しそうに、にやけてみせる。

「知り合いが四人いれば、そいつが幽霊と知り合いだったりもするわけだ」

「どうして、幽霊と知り合いだ、なんていう話になっているんだい。だからさ、そういうのじゃないいんだよ」

「分かってるよ。むきになるなって。お祓いはやめてくれっていうことだろう」

やれやれ、といった感じで、ハルヒコはやっぱりにやける。

「やめてくれるのかい」

「考え中だ。せっかく来てもらったのに、どうしようかなって」

　どうやら、ハルヒコにはお祓いを強行しようという気はないらしい。僕は安心してその場に座り込み、そして立ち上がった。抜けた腰は、もう元に戻っている。

「頼むよ。僕に免じて、さ」

「はっ。おまえの何に免じたらいいって言うんだよ」

　言いながら、ハルヒコはタクシーのほうへ歩いていく。

「帰るのかい」

「キャンセルします、ごめんなさいって言いに行くんだよ。おれに免じて許してくださいってな」

　タクシーのドアに手をかけ、僕に向かって手を振る。

「だから、おまえはもう帰って寝ろよな。こんな時間だ」

　そっけない感じではあるものの、それに従うことにした。タクシーの中にいる人物とは、僕とはまた違うつき合い方をしているのだろう。友人に自分の違う一面を見せるのを、ハルヒコは学生時代から嫌がっていた。バイトをしているという店に行こうものならば、後ろから拳骨をもらうのは必至だったほどである。

「じゃあ、帰らせてもらうけどさ」

　運転席に片足を突っ込みながら、ハルヒコを振り返る。

「もしもお祓いしてたら、絶交だからな」

「安心しろって。だけどな、幽霊と知り合いだっていう知り合いがいなくなったって、おれはぜんぜん困らないぜ」

にやけ顔を見て、安心する。僕は車に乗り込んで、エンジンをかけた。

助手席を見ると、花束からこぼれ落ちたのだろう、紫色の花弁。どうしても、幽霊さんの顔が思い浮かぶ。

「そういえば……」

アクセルを踏み込みながら、独り言を口から漏らしていた。

そういえば幽霊さんは、助手席に座ったことがなかったな。

＊ じゅう

幽霊さんと会わなくなってから、数ヶ月が経過した。

今となっては幽霊さんと笑いあった日々さえもが夢のようで、朝目覚めるたびに、あれはすべて夢の中の出来事だったのではないかと、そう疑うようにすらなっていた。なにしろ、あの自動販売機の前で止まることがなくなってから、幽霊さんどころか少女の霊すら出てこないのだ。

ハルヒコの口からはあれ以来、霊だのとり憑かれているだのといった言葉は出てきていない。そのせいで、幽霊さんとの日々は輪をかけて現実感に乏しくなっている。チヒロとの仲は、僕が何をするわけでもなく、チヒロが何をするわけでもなく、自然と元通りの関係になっていった。再び指輪を渡すところまでを成功させて、今度はなんの妨害もなく、無事に僕のプロポーズは成功した。

だから僕は、久しぶりにこの場所へやってきた。

助手席にはハルヒコも、チヒロも乗っていない。当然、花束なども置いていない。車の通りもちらほらと見られる、昼間の一本道。ここへ来る直前に赤信号で止まっていたのは、怪異のせいでもなんでもない。

「こんにちは、幽霊さん」

返事はない。期待していたわけでもなかった。幸いと周囲に歩行者はおらず、独り言を言っているからといって僕がおかしな目で見られることはなかった。

自動販売機に小銭を入れる。欲しかったのはコーンスープだったのだけれど、季節が違うせいか、用意されていない。仕方なくオレンジジュースのボタンを押して、取り出し口に手を入れた。コーンスープとは違って、冷たい感触。そのオレンジジュースを、栓も抜かずに自動販売機の脇に置いた。

「幽霊さん、あの……」

一人きりで喋るのに抵抗があるせいで、どうしても小さな声になってしまう。

「チヒロとの、恋人との仲ですが、あれから、うまくいきましたよ」

どこに向かって喋ればいいのか分からなくて、とりあえず自動販売機に向かって話してみた。三日も前に、休日であるこの日と決めてやって来たというのに、いざ実行に移してみると、悲しくなるほどの空しさしか生まれやしない。

「そういうわけだから、安心してください」

何をどう安心するというのだろう。自分で言っていて、もう、何がなんだか分からない。それでも言いきった。満足感こそないけれど、達成感だけはなんとか得ることができた。

「じゃあ、幽霊さん、さようなら」

自動販売機に背を向ける。

僕の背中は、声がかけられるのを待っていたのかもしれない。だから実際に声がかけられたとき、僕はほんの少しも驚きはしなかった。

「ちょっとショックだなぁ」

笑顔を溢れさせそうになりながらも、ごくごく自然に振り向くことができたと思う。

「今の、なんだかお仏壇に報告してるみたいでしたよ。わたし、そんなに死人っていうイメージですか」

僕は首を横に振ることさえできずに、ゆうれいさん、と呼びかけた。会話になっていようとなっていまいと、そんなことはどうだっていい。幽霊さんと再会できたのだ。

「まあ、いいです。それより、信号機のあるところまで乗せていってくれませんか」

さっき置いたばかりのオレンジジュースをぷしゅりと開けて、幽霊さんは僕の了解も得ずに後部座席に乗り込んだ。ジュースをこぼしやしないかと心配になるけれど、そんなことを口にするほど野暮ではない。

「助手席に乗ればいいのに」

運転席に乗り込みながら、振り向いて笑いかける。すると幽霊さんはふわりと笑って、首を傾けた。

「わたしは、後ろでいいんですよ」

髪の流れる音。日中に幽霊さんを見るのは、はじめてのことだった。夜中に見るよりもやわらかく、そのくせ、夜中に見るのと変わらない、青白くやせた顔。

「だってわたしがそこに座ったら、恋人みたいじゃないですか」

笑ってしまう。助手席にはハルヒコだって座るし、他の女性だって座ったことがあるというのに。だけどそんなことを指摘するほど、僕が冷静になれるわけもなかった。

「だから、そこにわたしが座るのは、彼女さんになんだか悪い気がして」

走りだすと、件の信号機まではあっという間だった。最初に幽霊さんを乗せて走ったときには、とても長く感じたというのに。

目的地に到着して、幽霊さんに別れを告げた。ちらほらと歩行者もいたけれど、彼らに幽霊さんが見えているのかは分からない。

幽霊さんが去った後、後部座席を覗き込むと、オレンジジュースの空き缶が残されていた。まったく、ゴミを置いていくなんて、と缶をつかんで——

助手席に置いた。

今後また、幽霊さんに会えるのかは分からない。近いうちにまた出会うのかもしれないし、死んだ後にすら会えないのかもしれない。

幽霊さんが霧のように消えていくのを見届けた後、僕はゆっくりと車を走らせた。

オレンジジュースの匂いが、微かに漂ってくる。

助手席に、座ったことすらない幽霊さんの面影が残っているような気がした。

了

蛇の目女の怪

雨の日だった。

朝には晴れていたはずなのに、昼を過ぎる頃にはぽつぽつと降り始めていた。天気予報も当たるものだと、そのときぼんやりと思ったものである。

土砂降りではなかったと記憶している。ただ、外を移動するのに傘なしで歩こうという気にはなれないような、そんな降り方だった。

そんな降り方だったものだから、さあ帰宅しようという段になって玄関で立ち往生する学生もちらほらと見られ、田畑もそのうちの一人だった。

田畑菜乃花。眼鏡におかっぱの、飾り気のない女。当時どんな服装だったのかは覚えていないけれど、あのときの彼女にはどこにも目立つところが見られなかったような気がするので、きっと冴えない服装だったのだろう。

今思えば、よくあんなに地味なやつに目をつけたものだよ。当時、彼女のほかにも立ち往生している学生はいたはずで、もっと見栄えのいい女の子だっていたのに違いない。それなのにおれは、二度の逡巡のあげく、田畑の横に立って声をかけた。

「傘、ないの？」

なれなれしいと思う。おれときたら普段からこんな調子だ。仲間内で軟派な男呼ばわりされている所以なのだろう。軟派というのは言い過ぎだよな。

田畑は驚いた様子でおれを見ると、一瞬だけうつむいて、頷くようにぴくりと震えてから、はい、と言った。

蚊が鳴いているのかと思ったよ。

この辺だけは、いやにはっきりと覚えている。化粧の薄そうな顔がおどおどと応答する様が、とても魅力的に見えていたのだ。

「おれの傘、使う?」

朝の天気予報を信じたおれは、律儀に傘を持ってきていたんだよな。折りたたみじゃなくって、杖として使えそうな雨傘。五年間も使い続けたもので、壊れてこそいないものの、年季の入ったシロモノだった。

傘を差し出された田畑は、おどおどとした様子でごにょごにょとつぶやいた。何を言っているのかは分からなかったけれど、おれは遠慮するなよと言って再び傘を差し出した。

「あげるよ。おれは大丈夫だからさ」

◎

あの日と同じだ。

朝から曇っていた空は、昼を過ぎてとうとう泣きだした。今朝の天気予報でも、昼から雨だと言っていた。

「孝治、帰らないのか」

よく通る声。見上げると、肩幅の広い胴体に温和そうな顔がくっついている。

「講義終わってるぞ。寝てたのか？」

雷造はおれを見下ろしながら、笑って言った。どうやら、講義の終わったことに気づかなかったらしい。

「寝ちゃあいねぇよ。空を見上げてたんだ」

「ははは、なんだよそれ。孝治っぽくないぞ」

孝治っぽいってどんなだよ。おれも笑って応えながら、カバンを手に取ると机の上の携帯電話をポケットに突っ込み立ち上がる。ノートなんてとっていない。試験前になれば雷造にコピーをもらえばいいからな。

「おいまさか、傘がないなんて言わないよな。おれはごめんだぜ、おまえと相合傘なんて」

「ちゃんと持ってるよ。おれだって、あんなむさ苦しい思いはごめんだ」

雷造とは、少し前に一つ傘の下に並んで歩いたことがある。おれが、雷造の傘にお邪魔するという構図だ。雷造のやつは持ち前の優しさとでかい図体のせいで、左肩をずぶ濡れにしていたっけ。

田畑に傘をやった、その日のことだ。傘のなくなったおれは、雷造の傘に入れてもらったのだ。傘なしで帰るつもりだったおれを、気のいい友人は呼び止めた。雷造とおれとは、同じアパートの隣室同士なので、なんと帰宅路の最初から最後までを同じ傘の下で歩いてきてしまったのだ。

おれが歩き出すと、雷造の足音がタンタンとついてくる。講義室の入り口付近に設置されている傘置き場の前で立ち止まると、雷造もおれの横に来て立ち止まった。

おれがぼうっとしていたせいだろう、傘はもう数えるほどしか並んでいない。雷造は迷うことなくベージュの傘を取り上げ、おれも自分の傘を取ろうとして、

「おっ」

気づいた。

朱色に塗られた艶のある傘。明らかにビニール製でも布製でもない。紙だ。アリの行列に並ぶカブトムシ並みの存在感を持って、その傘は置き場に突き刺さっている。

「なあ、雷造」

さっさと歩きだしていたらしい雷造は、なんだよと不満な顔をしながらも律儀にスタスタと戻ってきた。

「これって、なんていうんだっけ」

紙の傘のことである。

「おおっ、こんなの生で見るのははじめてだなぁ。えっと、カラカサっていうんだっけ」

「ああ、唐傘お化けのやつな。そっか、カラカサって、もっとボロなんだと思ってたよ」

　おれのイメージしていたカラカサっていうのは、白茶けた色をしていて、いかにも安っぽくて薄っぺらいものだったんだよな。だけどこの傘は、いかにも高級そうだ。漆が塗ってあるのかどうかは知らないけれど、こういう色をしていると、伝統工芸品っていうような空気がぷんぷんと漂ってくるじゃないか。

「今どき珍しいよな。これ、おまえのだろ」

　これ、というのは和傘のことではなくて、雷造が勝手に抜きだした紺色の傘のことである。布製で、まだ汚れの少ない傘。まさしくおれのものだった。どうやら雷造の中では、もう和傘についての話題は終わってしまったらしい。

「そうそう、ありがとな」

　傘を受け取ると、おれは雷造について歩きだした。

　手元の傘は、田畑に傘を渡した後に買ったものだ。

　当時、おれの持っていた傘はあの一本だけ。傘なしで生活していては雨が降ったときに困るだろうからと、翌日にはこの傘を買っていた。田畑に傘を渡したのは、実を言えばもう買い替え時だろうと思っていたからである。

かなりくたびれてはいたものの、壊れてはいなかったので捨てるのは忍びない。かと言って、あの傘が手元にあったのでは、新しいものを買うべきかどうか迷ってしまう。結局は、新しい傘を買うための、いい理由を作りたかったのだ。

そんなおれの算段も知らず、田畑ときたら何度も何度も礼を言って、嬉しそうに歩いていったっけ。あんな顔を見られたんだから、雨に打たれることなんて大した代償じゃない。あの時のおれはそう思っていた。

田畑とは、それから一週間もしないうちに再会した。キャンパス内で偶然会ったのだ。先に声をかけてきたのは田畑のほうで、おれはそれまで、あいつが近くにいることにすら気づかなかった。

この間はありがとうございます。それが第一声。おれは、なんのことだか分からなかったんだよな。二言三言話してみて、ようやく傘のことを思い出した。すぐに思い出せなかったのは、最初に会ったときよりも、喋り方がはきはきとしていたせいなのかもしれない。

彼女が、今度傘を返しますねだなんて言うものだから、気にすんなよ、と、おれはきっとこう言ったんだ。古い傘がいらなかったっていうよりも、おれの渡した傘を、この娘が持っているんだという嬉しさを持ち続けていたかったのだ。

その後のことはあんまり覚えていない。お互いに名前を教えて、電話番号やメールアドレスを交換して。翌日からは仲良くなっていた。

「今日はいやにぼうっとしてるよな。風邪でもひいたんじゃないのか？」

温和な顔が、心配そうにおれの顔を覗き込む。見苦しい顔ではないものの、男に覗き込まれてもあまり嬉しくはない。

「ひいてねーよ。傘を見てたんだ」

「ははは、なんだよそれ。風邪より悪いかもな」

風邪より悪いってなんだよ。笑って応えながら、おれは傘をさした。

◎

バスの中は、濡れた雨傘を持つ学生でごったがえしていた。おれと雷造は席に座ることができず、席の間の通路に立っている。

まったく、どうして金を払ってまで、こんなに窮屈なところで立ちっぱなしでいなくちゃいけないんだ。満員バスや満員電車に乗るたびに、そう思わずにはいられない。雨が降ると車内がじめじめとするから、余計に嫌な気分になる。

だったら車で登下校してやれ。そういう発想がないこともないのだけれど、あいにくと車がない。普通免許は持っているのだけれど、車を買うような金も、駐車場を借りるような金もない。

車があればな。

誰かの傘が足に当たったらしい。やわらかな衝撃と、濡れたズボンの感触が時間差でやってきた。

「あ、すまん」

雷造が、おれの足元を見て言った。足に当たったのは雷造の傘だったということか。

「おい、気をつけろよな。ったく、濡れちまったじゃねぇか」

がたいのいい友人は、混んだバスの中でヘコヘコと謝りだす。しかしすぐにそれが迷惑なことなのだと気づいたようで、今度は周りに向かって、すみませんと愛想笑いを振りまいた。

車があればな。田畑には、何度かそう言ったっけ。

おれと田畑は、一緒にいるうちにだんだんと恋人同士のような関係になっていった。たまに手をつなぐだけの、キスどころか、下の名前で呼び合ったことすらない関係だったのだけれど、周りから見ればもう立派な彼氏と彼女だったと思う。デートと呼んだことは一度としてなかったけれど、二人で遊びにいくことも何度かあった。

そんなときおれは、車があればもっと遠くに行けるのにな、と冗談めかしていたものだ。そんな冗談を真剣に受け止めて、田畑ときたら遠くじゃなくても楽しいよ、だなんて慌てていたっけ。

またもや誰かの傘が足に当たる。衝撃のあった部分が、やはり濡れている。

「うわっ、ごめん」

雷造だ。

「またおまえかよ」

「カバンがずり落ちてきてさ、それを肩にかけ直そうと思ったら」

「言い訳無用だ」

雷造のジーンズに、濡れた傘をべたべたとぶつけまくった。うおっ、と言いながらでかい身体が跳び上がると、律儀な友人はまたもや愛想笑い。

こうやって、田畑とも傘を使ってばかみたいなはしゃぎ方をしていたっけ。田畑は雨が降るたびにおれからもらった傘を使っていて、まだそんなの持ってたのか、なんて言ってやると、あいつは照れるような喜ぶような、なんとも可愛らしい笑い方をしていた。

駅前に到着すると、おれは人の波に流されるようにしてバスから降りた。

そのとき。

バスの中に、和傘の形をした、高級そうな赤が見えた。

なんだ、あの傘の持ち主、同じバスに乗ってたのかよ。どんなやつなのか、見ておきたかったたな。

「孝治」

友人の声。

「バスの中に、忘れ物したのか？」

面倒見のいい友人は、いかにもさりげない感じで聞いてくる。

「ああ、いや、そうじゃないけどさ」

バスの中には、もう運転手しかいない。駅に歩いていく傘の群を見ても、その中に赤い和傘は見つけられなかった。

「言い忘れてたけどおれ、今日は美容院に予約入れてるんだわ。だからさ、先に帰っててくれよ」

「そっか。じゃあな、孝治」

床屋派の友人は、駅に向かって歩いていく。雷造が途中で振り向いてもう一度じゃあな、と言うのを見届けて、やっとおれは美容院に向けて歩きだした。バスを降りてすぐのところである。

自動ドアをくぐり傘置き場に傘を入れると、顔なじみの美容師に導かれて最寄りの椅子に座った。

今日はやけに田畑のことが思い出される。例えば、髪型。

おれと恋人もどきの関係になる頃、田畑は髪を伸ばし始めた。おかっぱだったのが肩まで伸びて、最近では肩甲骨あたりまで伸びていたな。

髪型だけじゃない。服装だって、ファッション雑誌に載っていそうなものを着てくるようになったし、眼鏡はコンタクトレンズに変わった。化粧なんてほとんどしていなかった顔はきれいにメイクされ、ささやかなアクセサリーを身につけるようにもなった。性格も明るくなって、生き生きと喋る田畑の言葉は、はきはきとして聞き取りやすかった。

田畑は、どんどん変わっていった。おれと会うたびに、きれいになっていった。

そんな時だ。

おれと田畑との関係が、木っ端微塵になって吹き飛んだのは。

他に好きな子ができたんだ。そう言ったのはおれである。きょとんとする田畑に向かい、おれは続けてこう言った。

だからさ、別れない？

きょとんとしたまま頷いた。はじめて会ったときみたいに、震えるような頷き方だった。

お互いにつき合っているという認識があったのか、今となってはそんなことすら分からないけれど、恋人であれ友人であれ、そういう関係がおれの言葉によってぶち壊されたのは間違いない。

少なくとも、おれは田畑に恋していたのだろう。だからあのとき傘を渡したのだろうし、二人で遊びにいったりもしたのだ。

そのうちに、恋人と一緒にいるような錯覚に陥っていたのに違いない。だから別れようだなんていう言葉が出てきたのだ。

田畑は、きれいな田畑は何も文句を言わなかった。終始きょとんとしたままで、うん、そっか、わかったとだけ言った。

殴られるかもしれない。泣かれるかもしれない。そんなふうに考えていたのは、おれにとって田畑が恋人だったからなのだろう。感情すら見せなかった田畑にとって、おれは恋人でもなんでもなかったのだろうか。

振ったのはおれのはずなのに、失恋の虚しさが押し寄せてきた。空虚なはずの心には、絶交の苦しみが満ちていた。

結局、そこから先に立ち去ったのはおれだった。どういうわけか、悔しくてたまらなかった。

帰ってから、寂しくなって泣いた。そんな自分が情けなくて、何度も床を殴りつけた。何事ですか、と下の階の人に怒られた。

「今日は元気がないですね。いつもは喋りっぱなしなのに」

頭を洗いながら、美容師が気安い感じで話しかけてくる。

「そうですかぁ？　いやあ、アミちゃんのシャンプーが気持ちいいんですよ」

「あははっ。何言ってるんですかぁ」

理容師のアミちゃんは、笑うと八重歯が覗いてかわいい。歳も近くて話しやすいし、古い言い方だけど気立てもいい。

「嘘じゃないって。自分でやる五倍は気持ちいいもん」

「はいはい、ありがとーございます」

だけど、田畑よりもきれいな顔立ちをしているアミちゃんに対しては、恋愛感情を持ったことがない。客と理容師だからというよりも――そう、田畑はなぜか、魅力的だったのだ。

髪を切り終えて自動ドアに向かう。傘を取ろうと立ち止まる。

そこで。

また、赤い和傘。

閉じてあるその傘の真ん中は赤ではなく白に塗られている。そういうデザインなのだろう。

なるほど、駅に向かう群の中にいなかったわけだ。おれと同じで、美容院に向かっていたんだからな。

ほんとうにそうなのだろうか。

あのバスから降りて、おれより後に美容院へ向かった和傘なんていただろうか。いや、いない。おれがバス停から歩きだしたのは、バスからすべての客が降りた後だったのだから。

おれは途中で、和傘を追い抜いたのだろうか。そうでなくてはおかしいだろう。ここに来たときには、こんなに目立つ傘なんてなかったはずなのだから。

悪寒。

店内を振り返る気にもなれなかった。

おれは紺色の傘をひったくると、自動ドアが開ききるのも待たずに駆け出した。

◎

駅のホームで電車を待っていると、蚊の鳴くような声がおれのことを呼んだ。

「木戸くん」

本当にそう言ったのかは分からない。しかし確信はある。この声がこうやって響いたならば、そう言っているに違いない。田畑と一緒にいるうちに、自然と培われた翻訳機能。

こんなことが前にもあったな。

そうだ。昨日、同じ声を聞いたばかりだ。

今と同じように電車を待っていたおれは、今と同じように声をかけられた。右隣に目をやると、田畑は雨も降っていないのに緑色の傘を持っているのだった。

これ、返すね。蚊の鳴くような声で、おどおどと。あんな態度をとるのは、眼鏡の地味な田畑のはずなのに。コンタクトのきれいな田畑は、見た目に似合わない態度で言った。

そんな態度が懐かしくて、おれはなんだかどぎまぎしていた。それでも、意地のほうが勝ってしまったのだ。

いつかおれの渡した傘を差し出してくる田畑。そんな彼女を、おれは冷淡に追い返した。

まだ持ってたのかよそんなもの。いらないんなら、捨てちまえよ。おれだっていらないから。

傘を胸に抱いたまま、田畑は走っていった。我ながらひどい対応だったと思う。あの後ろ姿が、泣いていないはずはなかった。消えてしまいそうな後ろ姿を見て、おれは決めたんだよ。

次に会ったら謝ろうって。

その田畑が、今日も右隣にいる。一日ぶりの再会は思った以上に気まずくて、おれはなかなかその姿を見ることができなかった。

「ぐ、偶然見かけたから」

おれが何も言わないうちから、田畑は言い訳じみたことを言う。

「ごめんね、しつこいかな。あの、傘ね」

ぞわり。

嫌な気配。

和傘の気配が、すぐ右隣から。気味の悪い空気の中、おれは歯を食いしばりながら田畑のほうを見た。得体の知れない負の感情と、意味も分からない覚悟とを持って。

そこには。

「ごめんね、今日も、持ってきちゃった」

眼鏡をかけた、地味な服装の小動物みたいな田畑が、緑色の傘を握りしめていた。

安堵と緊張とが織り交ざって、息をするのさえ忘れそうになる。

「かっ、返そうと思ったわけじゃないの。雨だったから」

怯える田畑の姿は、久しぶりに見る化粧気のない田畑の顔は、驚くほどかわいらしい。

「あのさ、田畑」

言いながら、目をそらした。

「どうしたんだよ、その服装」

「これ？　あ、あのね、わたしにはこっちのほうがお似合いかなって」

自虐的な言葉。

どうして急に、飾らなくなったのだろう。どうしてあのとき、飾っていたのだろう。誰に見せるつもりだったのだろう。

もしかすると、田畑もおれと同じ気持ちだったのかもしれない。おれは、田畑にとって恋人だったのだろうか。

あの、きょとんとした顔は、おれが去った後に泣いたのだろうか。

「そうだな、似合ってる」

詰まる空気。田畑の無言が聞こえるようだ。

田畑がはじめておしゃれな服を着てきたとき、おれは何と言ったんだっけ。

やっぱり、今と同じようにどうしたんだよと聞いて。それから、きれいじゃないかと言った覚えがある。田畑は照れながらも、すごく喜んでいたな。

「田畑はさ、そういう格好のほうが似合うんだよ。少なくとも、おれはそのほうが好きだ」

本心だった。

地味なほうが似合うだなんて言われて喜ぶやつはいないだろうし、着飾ってきて似合わないと言われれば誰だって傷つくだろう。本音とはいえこんなことを言うなんて、おれはつくづく無神経なやつだ。

見ると、田畑はうつむいている。どんな表情をして、どんな気持ちでおれの言葉を聞いていたのか、想像もできない。

「そういえばこの間、他に好きな子ができたって言ったよな」

間もなく列車が到着します。アナウンスの声。

「あれ、実は嘘なんだ」

緑の傘が、ぴくりと震える。それきり、おれと田畑との間にはどんな言葉も生まれなかった。

いや、もしかすると、田畑は何かを言ったのかもしれない。停車する電車の音の前では、田畑の小さな声が聞こえるはずもないのだ。

◎

雨足は強くこそならないけれど、弱くなる気配もない。頭上の傘はさわさわと一定のリズムで鳴りっぱなしだ。アパートの階段を上り、鍵を外して自室に入ると、湿気の多い玄関に出迎えられた。

壁に傘を立てかけ、鍵をかけてから明かりをつける。少し散らかった廊下にカバンを投げ置き、その奥の居間へ。

普段なら、テレビの電源を入れてあてもなくチャンネルを回すところなのだけれど、今日はそういう気分にはなれなかった。田畑のことで頭がいっぱいなのだ。

どうすれば縒りを戻せるのだろうか。電車を降りてから——いや、田畑と会ってから、おれの頭はそればっかりだ。田畑はまだおれのことを完全には嫌っていないようなので、脈がないこともないだろう。だけど、一方的に振っておいて、やっぱり撤回しますというのでは、身勝手にもほどがある。それこそ本当に嫌われてしまいかねない。

すっかりぺしゃんこになった布製のソファに、身を丸めて寝転がる。身を丸めないと寝転がれない大きさなのだ。

今となっては、田畑を振ってしまったことが後悔されてならない。いったいどうして振ってしまったのか、そんなことに気づいたのでさえ、今日の田畑に会ったときなのだ。それまでは、ただ漠然と、冷めてしまっただけだと思っていた。

田畑には嘘だと言ったけれど、他に好きな子がいたのは本当だ。地味な田畑。おれは、ずっとあいつに恋していたらしい。きれいな田畑は、おれにとっては別人だったのだろう。

ポケットから携帯電話を取り出す。田畑に電話をかけるのだ。何を言うかは決まっていないけれど、早く何かを話さないと、手遅れになってしまうような気がするから。

そのとき。

手に取ったばかりの携帯電話がヴァイブレーションをはじめる。メールが届いたらしい。

田畑か？　ただごとではない期待を胸にメールを開くと、雨宮雷造の文字。

「おまえかよ」

思わず声に出してしまった。タイミングがよすぎるだろう、この野郎。

件名は『わかったぞ！』。溢れ出んばかりの落胆を胸に本文を読む。

『あの傘の名前がわかったぞ。あれはカラカサじゃなくって、蛇の目傘っていうらしいぞ。いやあ、すっきりしたな』

最後にピースサインをつけているところが、また憎らしい。

ヘビの目って。ところであの傘っていうのは――

「ああ」

忘れていた。

あの、赤い傘のことだ。何度も見かけた気味の悪い傘。田畑のおかげで忘れかけていたのに、思い出してしまったじゃないか。

思い出すと、急に恐ろしい気持ちになる。なにせ、おれは今、一人なのだ。こんなときにあの傘が現れでもしてみろ。おれは――

玄関のほうに目をやる。

あるはずがない。あるはずがない。だってここは家の中だぞ。鍵だってかけたんだ。入ってこられるはずが、ないのに。

そこには。

赤白の和傘。おれの紺色の傘の隣に、当たり前のように立てかけられたヘビの目傘。

おいおい、こりゃあ、いよいよホラーじゃないか。

おれは悲鳴が出るのをなんとかこらえて、携帯電話を操作した。電話をかけるのだ。田畑にではない。すぐ隣の部屋にいるはずの、雷造に。

二度のコールの後、雷造の温和そうな声が柔和そうに返事をした。

「お、おい雷造。今からおれの部屋こねぇか」

「急だな。どうかしたのか」

「ああ、あのさ、面白いＤＶＤ借りたんだよ。一緒に観ねぇ？」

さすがに、怖いから来て、なんて言えないからな。口からでまかせだ。ＤＶＤか……延滞中の冒険ものがあったな。あれでいいや。

「男二人で、か」

「ばっ、馬鹿野郎。大勢で観るもんでもないし、女の子と観るようなもんでもないんだよ」

「な、なんだよそれは」

口から出まかせの支離滅裂な言葉に、戸惑う友人。あいつ、何を想像しているのやら。

「いいか、待ってるからな、来いよ」

有無を言わせず電話を切る。雷造は優しくて気のいいやつだからな、嫌でも来るさ。

発狂しそうなくらいに長い数分間。身動き一つできずに待ち続けていたおれは、平和すぎるインターホンの音に跳ね上がると、急いで玄関に向かった。傘なんか視認する暇もないように。

錠を外してノブに手をかけて。

「よっしゃあ、おれの勝ちだ」

勝ちだ勝ちだ。何が勝ちなのか、そんなことは自分でも分からないけれど、とにかくこれで恐怖ともお別れさ。ＤＶＤを観た後は、なんとか言いくるめて泊めるか、泊めてもらうかすればいい。

「よく来たな雷ぞ——」

う、が言えなかった。

開きかけの扉からは、あの赤い傘が。

玄関の前には、あの和傘をさした、着物の女性が立っていた。

顔は傘で隠れているけれど、着物から判断するに、女性だろう。

恐ろしくて恐ろしくて、声を出すことすらできなかった。どうすればいいのか分からなくて、もはや扉を閉めることすらできなかった。

「孝治くん」

女性が声を発する。嗄れたようながらがら声。

「わたしを」

それでも、田畑の声より聞き取りやすい。

「わたしを、捨てるだなんて、言わないで」

傘が動いて、隠れていた顔が露わになる。

そいつは。

まん丸な目をしていて、頭が取れそうなほどに口がぱっくり割れていて。

肌は鱗に覆われて、ちょろりと出した舌は二又になっていて。

手足はなくて、だったらどうやって傘を持っているのかと言えば、片方の目から、いや、目のあるはずの場所から這い出ている小さな蛇が、和傘の柄に絡まっているのだ。

着物を着た巨大な蛇は、舌をちょろちょろと動かして、笑った。

おれは。

自分の喉から噴出する、信じられないほど高い悲鳴を聞きながら、きっと気を失った。

◎

「あれはな、ヘビノメじゃなくて、ジャノメだよ」

幾分落ち着いてきたおれに、温厚な顔の友人は笑いかけた。

「そんなことはどうだっていいや。もう、一生触ることはないだろうからな」

目覚めたとき、時刻は深夜三時を回っていた。最初に見たのは雷造の顔で、この母性あふれる友人は、おれを布団まで運びずっと看てくれていたようだ。

話を聞けば、おれの悲鳴のせいでアパート中は一時大騒ぎとなり、血相を変えて飛んできた大家の婆さんに、雷造はなんの責任もないのに叱られたらしい。

雷造は、おれの目が覚めるなり、どうしたんだと尋問してきた。あんまりしつこいので正直に話してやると、そんなの夢だと笑われた。その上、蛇の目の読み方を間違えていたことを指摘され、もう、ありがたいやらむかつくやら。

「その夢のことだけどさ、傘が出てきたっていうんなら、やっぱり田畑さんのことが気になってるってことなんだろ」

「夢じゃねえって。まあ、気になってたのは確かだけどさ」

「ほら、やっぱりな」

満足そうな雷造。田畑を振ったと知ったとき、そういえば雷造は怒っていたな。勝手すぎるだろうって。他人のことなのに。

「なんにせよ、さっさと寝ろよな。田畑さんのことは別にしても、そんな夢を見るってことは、風邪をひいてるってことなんだろうからさ」

「だから夢じゃねえって」

「ははは、こりゃあ重症だ」

重症ってなんだよ。つられて笑うおれを温かい目で眺めると、雷造はゆっくりと立ち上がる。

「じゃあ、おれは帰るぜ。少しは寝ないと明日に堪えるからなあ」

ああもう今日か。雷造は笑いながら歩いてゆき、少し経ってから玄関のドアの閉まる音が聞こえた。

再び一人きりになり、静か過ぎる部屋の中、田畑のことを考える。

さっきは、電話しそびれちゃったな。もう、明日会って直接話すしかないみたいだ。

こんなおれを、田畑はまだ相手にしてくれるだろうか。

まだ、あの傘を持っていてくれるだろうか。

捨てていなければいいけれど。

◎ 蛇の足

隣室の玄関の扉が音を立てたのを聞いて、雷造は慌てて、しかしこっそりと玄関の外に出た。雨上がりの澄んだ空気が、湿った大地の上でするすると踊るようだった。階下を見下ろすと、友人の木戸孝治が駅のある方向へ向かっている。その姿を見て、雷造は満足げに自室へと戻っていった。

朝の八時。今から電車に乗れば、大学の一コマ目の講義には、時間にそれなりの余裕を持って間に合うだろう。逆に、今から向かわなければ遅刻の線が濃厚だ。しかし幸いにも雷造は、そもそもその時間帯に講義を入れてはおらず、したがって今から慌てる必要もない。

それは、孝治とて同じであるはずだった。この日、この時間帯、本来ならば彼が大学へ向かう必要はない。

だから、その必要のないはずのことをしている友人の姿を確認したとき、雷造は満足したのだ。

以前、孝治から聞いた話によれば、田畑菜乃花はこの日の朝一番から、講義をとっているということだった。

日課としてほとんど毎朝観ている報道番組の音量を下げ、雷造はベッドの枕元に転がっている携帯電話を手に取った。

電話をかける。一度目のコールが鳴り止まないうちに、相手は受話器を――正確に表現するのならば携帯電話を――とったようだった。

やあ、おはよう、雨宮くん。

落ち着いた男声。若干高めに響いているのは、彼のきざな口ぶりのせいだった。

「あ、おはようございますクロさん。クロさんの計画ですけどね、うまくいったみたいですよ」

視線はテレビの画面に向けながら、雷造は嬉々として言った。クロさんとは大学の先輩で、学内でオカルト研究会なるものを立ち上げてしまうほど、オカルトをこよなく愛する男である。

うまくいったみたいっていうことは、木戸くんと例の彼女の関係は、修復できそうだっていうことかな。

電話の向こうの声も、雷蔵と同じく満足げである。

「そうですね。そう思います。たった今、孝治のやつ、田畑さんに会いにいったみたいですから。クロさんのおかげですよ」

はっは。そりゃあね、今回のことは計画から実行まで、ほとんど私がやったんだからねえ。大変だったよ、彼の行く先々に蛇の目傘を置いて回るのは。最後のミッションは君に任せておいたけれど、その様子だと成功したみたいだね。

「いえ、あの、それが……」

テレビの画面から目を逸《そ》らし、雷造は苦笑いをしながら頭を掻《か》いた。逸らした視線の先、玄関口には、紅く塗られた蛇の目傘。

え、なんだい、もしかして失敗したのかい。まさか、ばれたんじゃないだろうね。

「あ、いえいえ、そんなことはないですよ、ばれたっていうことはありません」

律儀なことに、大きな身体は電話の向こうの相手に向かって首だけでなく、空いているほうの手まで振って、クロさんの言葉を否定した。

「逆に、っていうか、薬が効きすぎたっていうか……おれがあいつに和傘を見せる必要も、なかったんですよね」

　携帯電話を片手に、何を言っているんだい、というふうに首を傾けるクロさんの姿を、雷造は頭に浮かべていた。

「ほら、クロさんの計画って、おれがあいつにメールで蛇の目傘について触れた後、蛇の目傘を持ってあいつの家を訪ねるっていう感じだったじゃないですか」

　そのとおりだね。何度も蛇の目傘を見て、不気味がっている彼に、とどめの一撃を食らわせてやるだけじゃないか。玄関の前に、これが置いてあったぞ。そう言うだけの簡単なミッションだったじゃないか。

　何やらいろいろな感情を持て余しているらしいクロさんの声は、心なしか早口であった。

「それがですね、孝治のやつ、相当怖がってたみたいで、おれが行く前に悲鳴をあげて倒れちゃったんですよ」

　電話の向こうでこちらの言葉の続きを待っているらしいことに気づき、雷造は喋り続ける。

「まあ、田畑さんを傷つけたあいつをこらしめることもできたし、目的どおり、縒りも戻りそうだし。クロさんには本当に感謝してますよ」

　そうだね、感謝してもらわないとね。きみのお節介につき合ったっていうこともさることながら、本当は、怪奇現象をでっちあげるなんていうことは、したくなかったんだからね。本当の怪奇現象に失礼だから。それに――

今度は、雷造が無言になって言葉を待つ番だった。テレビでは天気予報がされている。今日は一日中晴れているらしい。

それに、こんなことをしていると、本当の怪異が寄ってきてしまうかもしれないだろう。

「ははは、まさか」

笑いながら、テレビの音量を少し上げる。政治のニュースに、雷造は興味があった。

私としては、怪異が寄ってきてくれるのは大歓迎だけどね。じゃあ、そろそろ切らせてもらうよ。傘は、木戸くんにばれないような時を選んで返してくれればいいよ。

一方的に話が終わってしまって、雷造は携帯電話を置いた。音量を更に上げる。政治家の声を背中に聞きながら台所に向かい、炊飯器から茶碗に飯をよそった。

「ま、ほっといても縋りは戻った気がするんだけどな」

ひとりごちながら、今度は鍋から味噌汁を掬い上げる。よく水分を吸い上げて、ぶよりとしたワカメが雷造の好みである。

税金の無駄遣い。聞きなれたキャスターの声が、強い口調で言っている。

無駄か。無駄っていうか、今回のことは――

頭の中で、言葉を探してみる。味噌の匂いが漂ってきて、雷造はすんすんと香りを受け入れた。

「蛇足だったかな」

蛇の目傘だけに。うわ、くだらねえ。

一瞬だけうまいことを言ったような気がしてしまい、にやけそうになった顔を慌てて引き締めた。慌てたおかげで味噌汁がおたまから零れてしまい、服に染みを作った。

おしまい

たんぽぽ

店頭にちょこんと座った少女から、私は目が離せなくなってしまった。

表情は人形的であるにしろ、だからこそ甘く香るようなかわいらしさを持った女の子――そう、少女の姿をした人形である。

細くてつややかな美しい髪。きめ細かくて瑞々しいきれいな肌。私の中に、まるで綿毛のようにふわりと舞い降りた可憐な少女は、しかし残念なことに、分厚いガラスの向こうにいるのであった。

ああ、触れたい。この腕の中に抱きしめたい。

私は湧き出る欲望に耐えきれなくなって、その店に足を踏み入れていた。

「あの人形、いくらです？」

げっそりと痩せた、店主と思しき色白の男は、ぎょろりと目を剥いて「人形、といいますと」と首をかしげた。

「ほら、ショーウインドーに飾ってあるでしょう」

「ああ、あの子ですか」

店主は目を細め、嬉しそうにケタケタと嗤いだす。

「あの子は売り物ではないんですよ。ただ、たくさんの人に見てもらいたくてね……。かわいいでしょう」

私はうやむやな返事を口の中に転がしながら、大いに落胆した。それでも、売り物ではないという言葉には、なるほど納得がいく。

確かに、彼女のことをお金で手に入れたって、本当の意味で私のものになったとは言いがたいだろう。


翌日、私の足は当然のようにあの店へと向かっていた。もちろん、彼女に会うためである。

彼女は私と出会ったときから、まさに今まで私の心の中から消えてはくれなかった。一瞬たりとも、寝ても覚めても、夢の中でさえ。

これは、他人からしてみればおかしなことなのかもしれない。なにしろ私自身、たかが人形一体にこれほど魅せられてしまったということが、不思議でたまらないのだから。

それでも――。

店の前に昨日と同じ姿をみとめると、私の心は春の空のようにきらきらと晴れ渡った。

白くつやのある彼女の肌は、彼女に魅せられるのも無理はないのだと執拗に訴えかけ、きらめいてさえ見える彼女の双眸は、彼女のことを「たかが」とは言わせないほどの美しさを誇っているのであった。

私はあまりの愛おしさに目を細め、ガラス越しに微笑みかけていた。彼女に反応はない。当然だ。彼女は人形なのだから。

「今にも、話しだしそうでしょう」

いつの間にか、隣にいたのは痩せた店主である。

「私が店から出てきても気づきやしない……いや、気にも留めなかった、というところでしょうか」

店主は短く嗤うと、「たいそうなご執心ぶりだ」と言って再び笑った。

「執心だなんて。そんなことはありませんよ」

私は早口に言い返し、店主の方へ逸《そ》れた視線を彼女のほうへ戻そうとした。しかし店主は、

「なあに、隠すことはない」

大声で言って、私の視線を無理やりにたぐり寄せる。

「昨日、この子が手に入らないと分かったというのに、未練がましく今日もやってきた」

ケタケタという耳障りな笑い声。

「恥ずかしがることはありませんよ。あなたのような人は、珍しくない」

色白で、見るからに不健康そうなこの店主ときたら、見た目によらずずいぶんとよく喋る。一つ一つ言い含めるような口調の中には、ふてぶてしい自信が満ちているようだ。

「この子の値段を聞きにきた人は、みなさん次の日からは毎日この子に会いにきます。よっぽど夢中なんでしょう、そういう人どうしがここで鉢合わせても、お互い見向きもしません」

店主のくぼんだ目が、ゆっくりとウインドーのほうへ向けられる。

「あなたも、よっぽどこの子に微笑んでほしいようだ。だけどね——」

ケタケタ。私はなんだか気味が悪くなって、急いで視線を彼女へ逃がした。

「だけどね。この子は私にしか、心を開きはしませんよ」

すると彼女は、ほんのわずかに——

わらった。

彼女は店主と目を合わせ、笑ったのだ。

私にはそう見えた。

そんなことのあった次の日からは、店主の言ったとおり、私と彼女との日々が始まった。

いや、私の、彼女のための日々と言ったほうが正しいか。なにしろ、私がガラス越しにどんなに微笑みかけても、彼女は瞬きすらしてくれないのだから。

だけど私は、それでもかまわないと思っていた。彼女は目の前にいるだけで私のことを幸せな気分にしてくれるのだし、なにより私は、彼女の笑顔の虜になってしまっていたのだ。

私は、彼女が笑うことを知ってしまった。だから、いつか彼女が私のために微笑んでくれるときのことを考えると、彼女のために日々を費やさずにはいられなかったのである。


日が経つにつれ、気づいたことがある。彼女と見つめ合う私の周りには、見慣れた顔ばかりが集まってくるということだ。

会社員風の男に、腰の曲がった老婆。頭の悪そうな若い女に、よく肥えた汗臭い男。いちいち数える気はないけれど、彼女の前に集まる人間の数は十を超え、顔ぶれも老若男女様々である。

その誰もが、一様に彼女のことを見ている。それも、ただ見ているだけではない。彼らは皆、酔ったような顔つきで、熱のこもった視線を彼女のほうへ投げかけているのだ。

花の美しさを持っている上に綿毛のように気ままな彼女は、私以外にもあきれるほど大勢の人間を虜にしていたのである。競争相手がいるという事実は、私の焦燥感を掻きたてるには充分すぎた。

これを機に、私は彼女と過ごす時間を従来の何倍にも増やした。他の者に彼女の笑顔を、心を先取りされてはたまらない。

こうして一週間ほどの期間が、彼女によって埋め尽くされた頃だろうか。

この頃、私の生活の中心はやはり彼女でしかありえなくて、わずらわしい諸事情によりどうしても彼女と一緒にいられないときは、次会った際に彼女と話す内容ばかりを考えていた。

そんな私の想いが、やっと通じたのだろう。彼女はとうとう、私に心を許し始めたのである。笑顔を見せたとき以外はずっと同じだった表情に、ほんのわずかではあるけれど変化が表れたのだ。

優しい顔になっている。

彼女の目つきが変わっている。それこそ、前日の写真と比べてみなければ分かるはずもないであろう小さな変化ではあるけれど、幸いにも私の目には、従来までの彼女の姿が克明に焼きつけられていた。

私は嬉しさのあまり、絶叫しそうになった。それでもすぐに、喜ぶのはまだ早い、と思い留まる。私は彼女を手に入れるための、たった一歩目を踏みだしただけではないか。

その日私は散々に彼女と見つめ合うと、素晴らしい未来を約束して家路についた。

これが、私が彼女と過ごした最後の時間になる。

翌日私が店の前まで行くと、彼女がいたはずの場所には、黒くどろどろとしたものが小山になっているのだった。彼女を捜しに店の中へ入ってみると、どうしたものか店主が泣き崩れている。

「どうなさったんですか」

彼女の居場所を聞きたいのは山々だったけれど、この状態の店主が答えるとは思えなかった。

店主は赤くなった顔をゆっくりと上げ、普段よりも更に病的な目つきで私を見据えると、「あの子が、あの子が」とうわ言のように繰り返しながら私にすがりつこうとする。

死霊のようになった店主を払いのけると、店主の倒れる音を背中に聞きながら私は再びウインドーに目を移した。

黒く有機的な小山には、人形の頃の面影がうっすらと残っているように見える。

「かのじょは」

唇が震えるのを感じた。倒れたまま起き上がろうとすらしない店主を見下ろすと、私は声を張り上げる。

「あの、人形は」

「あの子は枯れた。枯れたんだよ」

泣き声とも笑い声ともつかない響きが、店内を軋ませた。

「枯れてしまったんだよ、私が見ている前で」

一度声を発したら、言葉を紡ぎ続けずにはいられないのだろう。流出し続ける悲鳴は暗い店内に蓄積されて、私の視界を滲ませる。

私はとうとう恐ろしくなって、店から逃げだした。何が恐ろしいのかも分からないままに、私は走っていた。

こうして彼女はいなくなってしまったのだ。


あの黒いものが彼女だったのか、それとも彼女は別の場所へ行ってしまったのか、私には分からない。なにしろ一年近くも前のことである。今ではあの店も店主も姿を消してしまい、そこには当然彼女の姿も、黒い物体もないため、真実を確かめる術さえない。

店主とは半年ほど前に一度、道で逢ったことがある。おそらく彼は私のことなど覚えていなかったのだろうし、すぐそばを通る私のことを認識していたのかさえ定かではない。

店主は、彼女を失ったあの男は、まるで魂でも抜けてしまったかのように死人の顔をうなだれて、夢遊病者の足取りで私の前を通過していった。

きっと彼女は、彼の心の奥深くまで、太く強く根ざしていたのだろう。彼女がいなくなるということは、彼のすべてが根こそぎなくなってしまうことと同義だったのだろう。

私はそう考えるたび、ほっと胸をなでおろす。

あれ以上彼女にのめり込めば、私も店主と同じようになっていたのに違いないのだから。彼女に人生を食い尽くされないでよかった。確かに彼女の愛おしい姿は未だに心の中で輝いているけれど、あんな人形一体に心を奪われていただなんて、今となっては信じられない。

彼女がいったいなんだったのか、果たして本当に人形だったのか、思い返せば疑問は尽きないけれど、彼女のことを忘れることがなによりも大切なことだと、私は自分に言い聞かせてきた。

平穏で、正常な生活。

彼女はいないけれど、とても充実した日々。

最近の私は、そんな毎日に喜びを感じながら生きていた。明日からも、私の中から彼女の影は薄れ続けるのだろう。

もう、夢の中にすら彼女の姿はない。

*

愛らしい笑い声に目を覚ました。
重い身体を持ち上げると、ぴたりと声は止む。不吉な予感に振り返ると——。
彼女。
きらめく瞳が私のことを、じっと見ている。
私は
戦慄した。
あまりの愛おしさに。
彼女が、来てくれた。
私は嬉しくなって、悲鳴をあげた。
「そうだ」

ひとつの良い考えが、水泡のように浮き上がる。
そうだ、みんなにもこの子を見せてあげよう。
私は目覚めたそのままの姿で彼女のことを抱きかかえると、靴をひっかけて家を出た。
街は
彼女を抱きかかえた人間で溢れていた。

おわり

メリーストーカー

「こんばんは。隣、座りますよ。

あの、どちらまで。

へえ、それはまた、遠くまで行きますね。

ああ、いや。降りるときに邪魔になっちゃあ悪いでしょ。ほら、私、通路側じゃないですか。あなたが降りるときに寝たりなんかしていたら、迷惑がかかるじゃないですか。

私ですか。それがね、奇遇なことに、あなたと同じ駅までなんですよ。

いいえ、観光じゃあないんですよねぇ。なんといいますか、ええ、その、仕事で。そういうあなたは。

ほお、遠くへ、ねぇ。なんだか素敵じゃないですか。私もね、一度は旅がしてみたいと思うのですが、なかなか踏み切れませんでね。まとまった休みがあっても、近場で過ごすか実家に帰るか、でね。

おっと、すみませんね。初対面なのに、会ったばかりでこんなに喋って。

ははは、ありがとうございます。何しろ話好きなもので。そう言ってもらえると助かります。

動きだしましたね。

新幹線って、今までも数えるほどしか乗ったことがないのですが……それだけに、子供のようにわくわくしているんですよ。だから今日はちょっと、口が普段よりもよく回るんですかね。

まあ、そうは言っても、最初から隣の席の人と話そうと思って乗ったわけじゃありませんからね。ちゃんと、ほら、暇つぶしに本を持ってきてるんですよ。

え、あ、知ってますか、この本。いいですよね、この作家さん。

へえ、それって最新作ですよね。私は、まだ読んでないんですよ。それにしても、同じ趣味の人に出会えるなんて、嬉しいですよ。私はこの人の本の中でも、特にホラーが好きでしてね。

あ、それも読んだことありますか。あれは本当によかったですよね。あの本を読んで、私はファンになったくらいですよ。

と、いうことは、怖いお話は、結構お好きなんですか。

あれ、苦手でしたか。

いえ。怖いと言いますか、面白いと言いますか、そうですね、ええと、うん、変な話がね、あるんですよ。

それじゃあ、お言葉に甘えて、喋らせてもらいますよ。

そんなに身構えられるような話じゃありませんよ。退屈だったら寝てもらっても……。

はい、そのほうが、気が楽です。

早速ですが、メリーさんからの電話っていう都市伝説、知ってますか。

知ってるみたいですね。

はは、分かりますよ。今、少し怖そうにしてましたから。本当に苦手みたいですね。

やめましょうか。

あ、聞きますか。

はあ、大丈夫ですか。

それで、ね。その都市伝説って、人形から電話がかかってくるじゃないですか。

私は、夜中にジョギングをするのが日課なんですけどね。見ちゃったんですよ。

何って、人形が電話をかけているところを、です。

いえいえ、本当ですって。まあ、信じてもらえないのは百も承知ですけど。作り話だと思ってもらったって、構いませんよ。

どんなふうだったか、と言いますとね。そのままなんですが、人形が電話を耳に押し当ててるんです。

人形に後ろ姿っていうのも変かもしれませんが。後ろ姿しか見えませんでしたが、あれは多分フランス人形っていうやつですね。ウエーブのかかった金髪だから、そう思っただけなんですけど。

しかもね、電話っていうのは、携帯電話なんですよ。あの都市伝説って、携帯電話が普及する前からあったように思うんですが……オバケの世界も、進歩してるんでしょうかね。

最初は、ただびっくりしただけだったんですが、すぐに都市伝説を思い出しましてね。怖くなって、来た道をすぐに引き返しました。

ああ、いえ。そのときは、喋っているかは分かりませんでしたね。まあ、気長に聞いてやってくださいよ。

その次の日なんですが、怖いもの見たさに、その辺りまで行ってみたんですよ。

ええ、いましたよ。やっぱりそのときも、すぐに逃げ帰りましたけどね。

残念ながら、声はやっぱり聞こえませんでした。距離がありましたからね。だけど収穫はありましたよ。なんだと思いますか。

ほら、最初に見た場所と、次に見た場所から考えれば、次はどの方向に現れるか、見当がつくじゃないですか。

次の日は、その予想をもとに探して……そしたら、案の定、いましたよ。今度は声も聞こえました。ちょっと、近づきすぎたんですよね。それでも微かに声が聞こえただけで、なんと言っているか、までは分かりませんでしたが。

もちろん、逃げましたよ。三度目といっても、怖いものは怖いですからね。

それで、四度目。

行きましたよ、そりゃあ。当然、怖いですけどね。だからこそ見たくなるじゃないですか。

四度目もね、近づきすぎました。三度目よりも近くまで行ってしまったんですよ。

今度は、声までばっちり聞こえました。

なんて言ってたと思いますか。

明日はあなたのおうちに着くわ、って。

はは、自分で言ってみて、寒気がしました。なんだか、すみませんね、一人で盛り上がってるかもしれませんね。

あ、五度目、ですか。

それがね、四度目っていうのが、昨日のことなんですよ。

それで、今夜はこうして、仕事のために新幹線。残酷なことを言いますが、見届けられなくて残念だって、そう思っちゃいましたね。

だけどね。

私はきっと、結末を見ることができたんだと思っています。

聞いてくださいよ。

さっき、見たんですよ。

何って、人形を、です。

そりゃあ、今夜はジョギングなんてできませんから、玄関の前にいた、とか、そんな話じゃあありません。

さっき改札でね。

そりゃあ、乗ってきた駅の改札口ですよ。

なにって、だから人形を見たんですって。

改札を抜けてすぐのところに、あの人形が置いてありましてね。電話は持ってるみたいでしたが、耳には当てていませんでした。

それまでに四回も見ているせいかもしれませんが、さっき見たときには、あまり怖くはなかったですね。駅の構内というのは違和感がありましたし、携帯電話を持っているから、明らかにおかしいんですけどね。

また見てしまったっていうのは、正直、気味が悪いですけどね。だけど、ほっとしましたよ。

なぜなら、家に行くって言っていた人形が、それまでとはほとんど反対方向の駅にいたからなんですよ。それって、つまり、電話をかけられていた人は助かったっていうことじゃあないですか。

どうしてかは知りませんけどね。諦めたっていうことなんだと思います。

あ、すみません、喋るのに夢中で……酔いましたか、顔色が。

大丈夫ですよ、この話はこれだけです。ああ、よかったなあ、という、それだけの話なので。

大丈夫ですか、私、席立ちますよ。

違うんですか。本当に大丈夫ですか。

ところで、あの、こんなときに、こんなことを聞くのもどうかと思いますが……。

この着信音、あなたの携帯電話ですか」

括弧閉じる

真夜中の prime time

Channel 1

今夜も、あの二人はやってきた。

日中はそれなりに車の通りもあるけれど、夜になると静まり返る。そんな寂しげで面白みのない一本道に、今夜もあの二人がやってきた。

わたしはいつもと同じようにすぐ近くまで寄っていって、いつもと同じ場所から車の窓越しに二人の姿を眺めている。息を潜めて、わたしの存在が二人に気づかれないように。

車の中には見慣れた二人。運転席には優しそうな男の人が、助手席には気の強そうな女の人が座っている。前に見たときと変わらず、どこかほかほかとしたその空気に、わたしはほっとした。

二人は恋人どうしだ。いつからはっきりとそういう関係になったのかは分からないけれど、この二人のことを二度目に見たときには、きっと恋人どうしになるんだろうなあ、と、既にそう感じていた。

それほどに、二人のことを見ていた。二人の関係が今後どうなっていくのかを予測できてしまうほどに、わたしは二人のことをしっかりと見ていた。二人の距離が少しずつ、確実に近づいていく様子を、わたしはずっと見てきた。

趣味の悪いことだとは分かっているし、後ろめたい気持ちは当然のように持っている。だけど、心の中のごわごわとした後ろめたさは、二人のほかほかとした空気に触れている間だけ、どこかへ転がっていってしまうのだ。

わたしにとって、二人の姿はそれだけ素敵なものだった。新鮮で、温かくて、甘くて、やわらかい。はずかしくて、微笑ましくて、じれったくて、どきどきする。

きっとわたしにはもう訪れない、手に入れることのできない美しい時間。そんな光景を見ているのは、例えるならばまるで恋愛ドラマを観ているかのよう。二人の乗った車が路肩に停まると始まって、車が動きだすと、続きはまた今度。

幽霊である、死者であるわたしにとって、それは失いがたい娯楽であり、穏やかで優しい気持ちになることのできる、かけがえのない瞬間なのだった。

だから、わたしは今夜も後ろめたさを引きずりながら、二人の姿を眺めにきたのだった。だから、わたしは今夜も後ろめたさを忘れて、二人の様子に見入っているのだ。

名前の分からない二人のことを、わたしは彼氏さん、彼女さんと呼んでいる。そうすることによって、挨拶すらもしたことのない彼らに対し、一方的ながらも親近感を抱くことができていた。

今夜の二人は、いつもよりも甘くてじれったい。彼氏さんが、婚約指輪を渡そうとしているのだ。小さな箱を恋人から隠すように後ろ手に持って、うつむいてみたり車の天井を見てみたりしながら、時折助手席へ目をやっては言葉を詰まらせて窓の外へ視線を移している。

彼の目が何度かわたしのほうへと向けられて、そのたびに、わたしは緊張した。こちらの姿が見えていやしないかと、彼に霊感があったらどうしようかと不安になったのだ。わたしの存在が知られたら、二人の空気を乱してしまう。それだけは嫌だ。

こちらに向けられていた視線がうつむいたり上を向いたりを繰り返すたびに、がんばれがんばれと心の中でエールを送る。言葉を詰まらせた彼氏さんが再びこちらに目をやるたびに、わたしはあまりのじれったさに歯噛みした。

だいたい、助手席の彼女も彼女だ。部外者であるわたしですら、彼が何をしようとしているのかを既に察しているというのに。彼の隠し持っているものがなんなのか、すぐ隣に座っている彼女が気づいていないわけがない。その上、わたしなんかよりもずっと彼のことをよく知っているはずの彼女さんならば、彼が内気で遠慮がちな性格であることを知らないわけがない。

ここは、声をかけるなりして、さりげなく彼の背中を押してあげてもいい場面なのに。普段は積極的で面倒見のいいはずの彼女さんが、今は照れくさそうに耳元の髪を指でもてあそんでいるばかり。

じれったくて、なんだかわたしのほうが落ち着かなくて、今にも二人の前に化けて出て、強引に指輪を渡させてしまいたいような気持ちにすらなる。早く指輪を渡さないと、とり憑きますよ、なんて。

そんな野暮なことをするつもりなんて、ほんの少しもないのだけれど。

結局、二人の間にはなんの進展もないままにドアが開く。運転席の側にあるドアだ。普段よりも明らかに緊張した面持ちの彼氏さんが出てきて、停めた車のすぐ脇に設置されている自動販売機に向かっていった。

ちょっとだけ運転席の座席を覗き込んでみると、そこにはわざとらしく置かれた小さな箱。助手席の彼女さんは降車した恋人の姿と、置きっぱなしにされた箱とを見比べては、落ち着かない様子で自分の前髪を触っている。

ごたんごたんと自動販売機が缶を吐き出すと、彼氏さんは両手に一本ずつの缶ジュースを持って車の中へ戻ってきた。運転席に座る前に、彼女さんに片方のジュースを渡し、席に置いたままにしていたプレゼントを空いた手で拾い上げる。彼は運転席に座るなり、

「あ、これも」

早口に言って、とうとう小箱を恋人の手に渡した。彼女さんは両手が缶と小箱で埋

まってしまうと、うつむき加減になりながら、
「そっちの、なんだっけ」
上目遣いで運転席を見る。
「ああ、これは、ええっと、オレンジジュースだよ」
「わたし、りんごよりもオレンジのほうがいいんだけど」
「じゃあ、さ、僕は、そっちにするよ」
じれったくて、思わず笑ってしまいそうになるほどにうぶな会話。缶を交換すると
き、きっと二人の視線はぶつかり合った。それきり二人の視線は離れなくて、彼氏さ
んは開いたままになっていたドアに手を伸ばす。
「そういえば、それ、その箱さ」
緊張した声はドアの閉まる音を最後に車外へは聞こえてこなくなってしまい、彼が
この先何を言っていたのかは想像する他にない。
車内では、赤面を禁じえないような言葉が生まれては、空気をほかほかと暖めてい
るのだろう。
しばらくすると箱の中からは案の定リングが姿を現して、目的の指に辿り着くと、
満足そうに自動販売機の明かりをきらりと反射させた。
嬉しかった。自分のことのように、という表現は、ちょっと違うような気がする。

素敵な物語に触れたときの、満たされた気持ち。

嬉しくて、

嬉しくて、

嬉しくて、

寂しくなった。

理由は、はっきりとした理由は、分からない。なぜか寂しくて、なぜか分からない。置いていかれちゃった。そんな言葉が、どう捉えたらいいのか分からない言葉が、心のどこかから浮かび上がってきた。

寂しさに、下を向いた。二人の姿は見えなくなって、ドアの閉まった車内からは話し声が漏れてくることもない。わたしは、置いていかれてしまった。

めでたしめでたし。よかったな。わたしは何をやっているんだろう。後ろめたさが、もやもやとした切なさを巻きつけながらごろりと戻ってくる。

こんな、虫の声さえも聞こえないような真夜中に、わたしは他人の色恋を覗き見て、いったい何をしているんだろう。

勝手にどきどきして、勝手にそわそわして、勝手に喜んで、勝手に寂しがって。一人で熱くなって、一人で冷めてしまって。

視線の先では、アスファルトが闇の中で冷たく横たわっている。このアスファルトは自分の上で、わたしの前で、暖かい空気が育まれていることを知っているのだろうか。

そんなふうに、思いを別の場所に馳せてしまっていたからだろう。わたしはその声が聞こえてくるまで、異変には気がつかなかった。

「　　　　　　　　　　　　　」

知っている声だった。それでも、その声が何を言っているのかを理解するまでには時間がかかった。

慌てて顔を上げたのだけれど、手遅れだった。

彼氏さんに寄り添うようにして、狭い車の中で窮屈そうに、その子は、

赤い服の、その子供は、

お下げの女の子は、

笑っていた。

車の中から漏れてくる、悲鳴。悲鳴の主は乱暴にドアを開けると、転げ落ちるようにして運転席から飛び出し、わたしのすぐ脇を通り走り去っていった。

呆然とするしかなかったのは、この一瞬のうちに何が起こったのかを把握できなかったからではなくて、この一瞬のうちに起こった出来事をどう捉えればいいのかが判断できなかったから。

後ろ姿を追おうかと一歩を踏みだして、やめた。視界の端に、一人取り残された女性が映る。子供の姿は、既に掻き消えてしまっていた。

間もなく、なのか、それともしばらくして、なのか、ひたすらに呆然としていただけのわたしにはよく分からないのだけれど、とにかくそれほど長くはない時間が経過して、恐怖や驚きから覚め遣ったらしい彼女さんが車から降りてくる。

恐怖や驚きから覚めた彼女さんの表情が、冷めているのか煮えたぎっているのかははっきりとしない。一言で言い表すならば機嫌の悪そうな顔で、それ以外の言葉では言い表すことの難しそうな、無表情に近い顔だった。わたしは彼女さんのそんな顔を見ていたくなくて、彼女の脇をすり抜けると、空っぽになった車の中へと目をやった。

開け放たれたままの、両側のドア。さっきまで車内を暖めていたはずのほかほかとした空気は、既にすべて流れ出てしまっているのに違いない。空っぽになった箱の中には、冷めた夜の空気が循環しているのだろう。

今までわたしの見てきたものが恋愛ドラマだったのならば、この車は、画面を割られて中身が丸見えになったブラウン管だ。わたしは特にこれといった目的もなく、ブラウン管の中に引き寄せられるようにして右手を差し入れ——

目が、離せなくなった。助手席から。

今、わたしのすぐ後ろで無表情を顔に貼りつけて立ち尽くしている彼女さんが、ほんの少し前まで座っていた場所。

わたしにはもう訪れないはずの、手に入れることのできないはずの美しい時間を、彼女さんが送っていた場所。恋愛ドラマのヒロインが、いつも座っていた場所。

後は、引力に従うままだった。

背もたれに触れる。ふわふわとごわごわの入り混じったような、布製のシートの感触。彼女にはわたしの姿が見えているはずもないのだけれど、なんだか、すぐ後ろに立っている彼女さんから咎められてしまいそうな気がして、そっと手を離した。

振り返る。彼女は背中を向けている。当然なのだけれど、わたしの存在に気づいた様子はない。向き直る。助手席が、そこには変わらず座している。

膝を曲げて、今度は腰掛け部分に触れた。まだ、体温が残っている。シートを触るために身を乗り出したわたしは、車の中に半身を侵入させていた。立ち入り禁止のロープを越えてしまったときのような、人気のない森林に踏み入ってしまったときのような、妙な息苦しさと淡い興奮とが全身を支配する。

身体を反らせて、再び背後を確認した。ヒロインの背中。わたしはゆっくりと、助手席に座った。

あの助手席に座ってみたい。きっと、そういう願望が心のどこかにあったのだろう。ヒロインのいる場所に、憬れていたのだろう。小さな子供がヒーローの真似事をするように、小さな子供がヒロインの持ち物を欲しがるように、わたしは助手席に座ってみたかったのだろう。

そんなわたしは、そんな助手席に、座ってみてしまった。

心地の良い窮屈感。はじめて見る、見慣れた風景。隣には、誰もいない運転席。

分かってはいたけれど、これは、残酷だった。

分かっていたはずなのに、これは、あまりにも皮肉めいていた。

分かっているつもりでいたわたしは、どうしようもなく愚かだった。

真似事は、やっぱり真似事でしかない。おもちゃのステッキを振り回しても、魔法が起こるわけじゃない。そんなことは百も承知で、そのくせ淡いとは言いがたいほどの期待を隠し持っていた。自分自身が、あまりにも哀れだった。

孤独に耐えられなくなって車から抜け出すと、夜の硬質な空気が慰めるようにしてわたしを受け止めた。自分のいるべき場所がどこなのか、思い知らされた気分だった。

何をやっているんだろう。何がやりたかったんだろう。何を望んでいたんだろう。

わたしは、どうすればいいんだろう。

もう、助手席を見ていることができなくて、彼女さんを見ていることも申し訳なくて、夜の中へ視線を逃がした。闇の向こうに、さっき逃げていった彼氏さんがゆっくりとこちらに向かって歩いてきているのが見えた。

わたしは、動けなかった。

◆

チヒロが自宅の住所を告げると、運転手はゆっくりと車を走らせた。運転手は目の細い、それでいて温和そうな年嵩の男性で、バックミラー越しに一瞬だけ彼と目を合わせたチヒロは、決して望ましくはない気持ちの昂ぶりがやんわりと静まっていくのを感じていた。

「それにしてもお嬢さん」

決して美声ではない、年季を感じさせる磨耗した声。それでも発音の良いはきはきとした運転手の言葉は、安心感のある声としてチヒロの耳に響く。

「こんな時間に、あんな何もない場所で、いったい」

何をしていたんですか。省略された言葉の続きを、チヒロは頭の中で繰り返していた。再度バックミラーを見てみると、それを察したのか運転手の黒目が動き、鏡越しにチヒロのことを見据えた。なぜだかチヒロは慌ててしまい、急いで窓の外へと目をやる。

何をしていたんですか。その質問に対する回答は赤の他人に話す内容ではない上に、たとえ話してしまうのだとしても、あまりうまい具合には説明のできない内容だった。チヒロは窓に映る自分の姿を見て、無意識のうちに前髪を触っていたことに気づくと、その手を口元に添えた。

「ああ、いや、ね」

運転手の声。磨耗した声質からすれば、意外なほどに大きな声だった。慌てたような、照れ隠しのような口ぶり。

「質問しておいてこう言うのもおかしいのかもしれませんがね、質問に答えてほしいわけじゃあないんですよ」

はあ、と、チヒロの口からは返事とも吐息ともつかない音が漏れる。運転手は返事ととらえたのか、それとも返事を待つつもりもなかったのか、二回呼吸をする間を置いて口を開いた。

「こんなことを言っちゃあ変に思われるかもしれませんが、何が言いたかったのかと申しますとね」

よく喋る運転手だと、チヒロは思った。人並みに話好きである自覚はあったけれど、今はあまり、自ら口を開きたいような気分ではなかった。それでも、特に多くを語ることを求められていないためか、悪い気はしない。

窓の外では、赤い光をもやのように薄ぼんやりと放ちながら、歩行者用信号機が後退していく。

「幽霊じゃ、ありませんよね」

全身を強く揺さぶられるような、頭の中を引っ掻《か》かれるような、なんとも言いがたい衝撃がチヒロを襲った。紛れもなく、運転手の吐いた幽霊という単語のせいだった。運転席に目をやると、白髪交じりの穏やかな後ろ姿が座っている。記憶の中には単語が残っているだけで、どんな語調だったのかをまったく認識していなかったチヒロには、運転手のその言葉がどんな意味を持っていたのかを判断することがかなわなかった。

どうしようもなく広がる沈黙。運転手はチヒロの困惑を悟ったようで、再び取り繕うようにして口を開く。

「ああ、いえ、なんと言いますかね」

タクシーが減速し、停まる。窓の外では赤信号が点滅していた。運転手はシートから背中を浮かせて左右を確認すると、ちらりとバックミラー越しにチヒロの姿を確認してからハンドルを左に切った。

「私はこの仕事を始めてから、そう長いほうではありませんからね」

気楽な口ぶり。

「いや、長く続けていれば遭遇する、という類のものではないのかも分かりませんが、私はいまだかつて、幽霊を客として乗せてしまったことがありませんので、失礼な話ですが――」

目の周りをくしゃくしゃにして笑っているのが、斜め後ろからでもよく分かる。

「あなたがもしかしたら、と……大変失礼な話ですがね、そう勘ぐりだすと、怖いやら緊張するやらで」

「失礼な話ですね」

運転手の気楽さに影響されて、チヒロの表情にも自然と笑みが灯る。運転手は、はは あ、とため息のような笑い声を漏らすと、これは失礼、とやはり気楽なふうに言った。

「有名なんですか」

「有名、とは」

「出るっていうことですよね、さっきの場所」

和やかになりかけた空気が、一転して静まり返る。直前まで笑みを浮かべていたチヒロの視線は話し相手である運転手ではなく、黙々と後退していく白線に向けられていた。焦点を変えて窓に映った自分と目を合わせ、顔にかかっていた髪を耳の後ろに避ける。障害物を取り除くと、窓に映る女がいかに疲れた顔をしているのかがよく分かった。

「一昔前までは」

ひときわ強調するようにして、発音の良い声が車内に響いた。チヒロが声のしたほうを見やると、運転手は満足そうにして再び一昔前までなんですけどね、と繰り返した。

「あの通りは、知る人ぞ知る心霊スポットだったのだそうです」

赤信号に差しかかり、運転手がブレーキを踏んだ。乱暴なエンジン音を響かせて、一台のセダンが交差点を高速で横切っていく。

「怪談話としては陳腐な話で、本当にあった出来事なのかどうか、正直なところ私は知らないんですけどね。ほら、お嬢さんの乗ってこられたあの通りは、長い一本道になっているでしょう。そして、横断歩道は両端に一つずつしかありませんよね。あるとき、小さな女の子がその道の半ばで——もちろん横断歩道なんてないのですが、反対側に渡ろうとして、不幸にもそのとき突っ込んできた車に」

轢かれて、亡くなってしまったのだそうです。運転手がそう言ったのか、チヒロが頭の中で勝手にそう再生したのか。青信号に変わり再び動きだしたやけに大人しい町並みのせいで、それはなんだか曖昧になってしまった。

「それ以来」

そこまで話したところで、運転手は不意に、おっと、といかにも調子はずれな声を発して、人の良さそうな笑顔を作った。そこでチヒロははじめて、彼が怪談話を口にする際に声のトーンを変えていたのだということに気がついた。

「ところで、あの道へはよく行かれるのですか」

チヒロはお預けを食らったような心持ちではい、と答えた後、まあ、と小声でつけ加える。

自宅から近い場所でもなく、また大きな通りから外れたあの道を、チヒロ自身が自らの判断で利用したことがあるのかといえば、そんなことはただの一度もないのだった。暗くなると静まり返る、街灯も乏しいあの一本道は、チヒロではなく彼女が職場で知り合った恋人のお気に入りなのだ。

いくら見渡したところで気の利いた夜景のひとつも見えない、飲料の自動販売機がぽつりと設置されているだけの、地味で寂しい一本道。仕事帰りに恋人の車に乗せられることの多いチヒロは、彼に連れられて帰宅路の一部であるその一本道に何をするでもなく——強《し》いて言うならば自動販売機でジュースやコーヒーを買うために——幾度も立ち寄っている。

良くも悪くも、それだけの場所である。

「でしたら」

窓の外には親しみのある景色が流れている。目的地は近い。

「こんな話は、しないほうがよかったですかねえ」

バックミラーに映る運転手の目尻には、メイク道具で描いたかのようなしっかりとしたしわが集まっていた。笑みを浮かべているように見えるが、それが気楽な笑みであるのか苦笑であるのかは判断できない。

「そんな、今更」

つられて笑みを浮かべたチヒロも、それがどんな類の笑みであるのかを自身で判断することができなかった。

「ああ、でもね、安心してください」

「どうして」

「言ったでしょう。一昔前までは、って」

前髪に触れながら、ああ、と小さく声を漏らす。まだあれから何分も経っていないというのに、強調されていたはずのあの言葉を忘れてしまっていた。むしろ、あのときは運転手の声質にばかり気が行っていたせいで、言葉を耳にしたその瞬間でさえも頭には入っていなかったように思える。

「当時は、出ただの見ただの触られただのの大騒ぎだったとかで。それもあるときを境にぱたりと静まって、今ではめっきり落ち着いてしまったのだということです」

そこまで言うと、温和そうな顔はそれきり口を開く気配すら見せなくなってしまった。情報量に難があるものの恐ろしげで物悲しい展開を予感させる怪談話は、序章部分でそんな展開を予想させるだけさせておいて、そのままただの一つもそれらしい出来事が語られることもなく、あっという間に終わってしまった。これではお預けのままである。

「終わりですか」

物足りない、という意味を込めて、チヒロは口を開いた。怪談話が終結したのだという確信が得られるまで、十分に運転手の様子をうかがった上での質問だった。

ははあ、と気楽な声で笑ってみせた運転手は、やはり気楽な態度で「省略しすぎましたかね」と鼻を掻《か》いた。

「そろそろですね」

唐突な言葉。気楽に話す声でも怪談話をする声でもない。このタクシーに乗り、初めに聞いた彼の声がこんなトーンであったようにチヒロは記憶している。目的地であるチヒロの家が近いという意味だった。

料金のメーターに目をやる。いつか、財布と相談し買うことを我慢した安物の鞄のことが脳裏をよぎったせいで、短くため息をついた。

「ええと、この辺りから少し案内をお願いできますかね」

「ええ、でも、この辺で大丈夫です」

そうですか、分かりましたと独り言のように受け答えながら、住宅地に入る直前のところで年嵩の運転手は車を道の脇に寄せる。ここから自宅までは歩いて十分かそこらだ。窓から見える家々には、まだぽつりぽつりと明かりが灯っている。

「今までに、タクシーになんて数えるほどしか乗ったことがなくて」

脇に置いていたハンドバッグの中から長財布を手にすると、チヒロは運転手を見た。温和そうな顔は何も言わずにもとから細い目をいっそう細くして、言葉の続きを待っている。

「今日は、その」

料金を手渡しながら、頭の中を整理する。チヒロは考え深い性質ではあるけれど、そのぶん頭の回転が早いほうではなかった。見切り発車になってしまい途中で言葉を練り直すことは、彼女にとって珍しいことではない。

「タクシーに乗る前まで、一緒にいた人がいるんです」

「こんな遅い時間ですし、そんなに需要もないでしょう」

相槌を打つ代わりに、運転手は料金を受け取るために捻っていた腰を戻し、

「それに、私は話すのも聞くのも好きですからね」

エンジンを切ると、少しだけ左を向いてチヒロに横顔を見せた。

「続きを」

横顔が気のいい笑顔を見せたので、チヒロは緩慢な動きで財布をしまい、窓の外にちらりと目を向けてから再び口を開いた。

「いつもは……その、彼に送ってもらうことが多くて、本当は今日もそのつもりだったんです」

家の明かりはあるものの、街並みの中に人気はない。さりげなく腕時計に目をやると、まだ、思っていた時刻よりもずっと早かった。

「それで、一本道っていえばいいのかな。さっきはあの場所で、えっと、ジュースを買って二人で一息ついていたんですけど」

エンジンを切った車内は恐ろしいほどに静かで、たどたどしいチヒロの語りは言葉が途切れるその一瞬ごとに、静けさに飲み込まれそうになる。

無言になって話を聞いている運転手に目をやると、その落ち着いた顔までもが完全に静止してしまっているように感じられた。

「今日は、その」

二度目のフレーズ。チヒロの不安を悟ったのか、制帽のつばの下で幅の広い眉がぴくりと動く。

「喧嘩別れみたいになっちゃって」

ほう。運転手が相槌を打った。この声一つにしても発音が良く、それでもやはり磨耗している。

「その喧嘩……まあ、喧嘩っていうほどでもないんですけど、その理由が」

今一度、運転手の横顔を確認する。細い目の中に覗く黒目はチヒロのほうへ傾いてはおらず、そのまま正面に向けられていた。その視線がどこか遠くに向けられているのか、それともすぐ近くの何かを突き刺しているのかははっきりとしない。もしかすると視線は捻じ曲がって、実はチヒロのことをしっかりと見据えているのかもしれなかった。

静かだった。チヒロが言葉を休めたせいだった。どこを見ているのか見当もつかない運転手の顔は、まるで写真のように沈黙している。直前に聞いたばかりのほう、という発音の良い声は、思い出せば思い出すほどに、ただの思い違いだったのではないかとすら感じられる。

呼吸音が聞こえる。チヒロ自身のものだった。大きく吸い込む音。細い目の中で黒い色が動いた。

「おばけが出てきて、彼、わたしを置いて一人で逃げ出しちゃったんです」

運転手の目が、見開かれたように見えた。それでもその目はなお細く、これももしかすると思い違いだったのかもしれない。

「ちょっとしたら戻ってきたんですけどね。戻ってきたらそいつ、わたしの顔を見るなり、大丈夫だったかって聞くんですよ」

笑い話のような明るさを交えて、直前までのたどたどしさを払拭するかのごとく駆け足で。

「なんだかそれが、気に障っちゃったんですよね。まずは謝りなよって、そう思って」

運転手は、動かない。なんの音も発しない。

「謝られたって、どうせ気に障ったんでしょうけどね」

チヒロが短く笑ってみせても、運転手に反応はない。口を開くタイミングを黙して待っているのだろうと、チヒロは思った。彼を困らせている自覚がないわけではなく、むしろ、わざわざこの話をしている胸中には少なからず悪戯心が渦巻いている。

「それでわたし、思わず彼を引っぱたいて、どうするあてもなく一人で歩き出して
……ちょうどそこを通りかかったのが」

シートの背にでかでかと記されている文字へ目をやる。浦町です。角のないやわらかな書体で記されたそれには、漢字と同じぐらいの大きさでルビが振られている。うらまち。

「ウラマチさんだったんです」

名前を呼ばれたせいか、運転手の目がチヒロのいる方向へ少し動いた。それでもまだ、チヒロのことをまっすぐには見ていない。

「まあ、そんなことがあって、なんだか気が滅入ってたんですけど、話を聞いてもらって、ちょっと気持ちが晴れました」

ハンドバッグを持ち上げると、チヒロは少し腰を上げてドアに手をかけた。

「話につき合わせてしまって、すみません。なんだか、早くこのことを誰かに言いたくて」

「その」

やっと、ウラマチはチヒロのほうへ黒目を向けた。ドアから手を離して、チヒロも運転手の顔を見る。緊張したその顔を見ながら、チヒロは内心で、タクシーのドアは自分で開ける必要がないんだっけ、とぼんやりと考えていた。

「おばけというのは、どんな」

このタクシーに乗ったときのことを思い出す。そういえば、このタクシーのドアは自分で開けた記憶がある。

「女の子でしたよ」

そうだ。すみませんが開かないんですよ、と最初に運転手は謝っていた。あのときも、彼の言葉の意味をあまり頭には入れていなかったらしい。

「小さな、女の子です」

運転手の表情が固くなったような気がした。それもチヒロの思い違いなのかも分からない。

ありがとうございました、おやすみなさい。その二言を口にする間、チヒロは彼の顔を見ていたはずなのだけれども、その顔がどんな表情をしているのか、あまり意識をしてはいなかった。

車外に出てドアを閉める。歩き出したチヒロが振り向きざまに頭を下げると、ウラマチの乗るタクシーはぐるん、とエンジンを鳴らし、すいすいと走り去っていく。よく見る乗用車にランタンを載せただけの、なんだか愛嬌のあるタクシーだった。

Channel 2

あの事件から、数えて四度目の夜が訪れた。あれから姿を見せない二人のことを考え、気を病むことがわたしの日課になっていた。

彼氏さんと彼女さんとの関係が、今後どうなってしまうのか。それは、今まで勝手ながらも二人のことを見守ってきたわたしの立場としては、当然持つべき心配事だろう。

だけど、それだけじゃあない。そんな心配事よりも、もっと大きな問題をわたしは抱えていた。

誰のせいで、今回の事件が起こったのかということ。その答えは、原因であるわたし自身が誰よりもよく知っている。

そう。わたしのせいなのだ。

自動販売機にもたれかかる。立っているのが辛かった。幽霊としてこの場所に留まるようになって以来、肉体的な疲れを感じることはなくなったけれど、それでもわたしは全身に気だるさを感じてしまうほどに、気が滅入っていた。

「おねえちゃん」

幼い声がわたしを呼んだ。視線を下げると、赤いスカートの少女が心配そうにこちらを見上げている。横一文字に固く結ばれた小さな口と、吊り気味の大きな目が、警戒心の強い猫を連想させた。

彼女がいつからそこにいたのか、分からない。

次の言葉を待っていると、彼女は口を開かずに、くり、と首を傾げた。お下げが大丈夫、と尋ねるようにして揺れる。わたしが微笑みかけてみせても、上目遣いのその表情には変化がなかった。

この子は、わたしよりもずっと前からこの一本道に留まっている霊だ。

お互いの関係を簡単に言い表すのならば仲間、友達という単語で間違ってはいないのだろうけれど、彼女が語ろうとせず、わたしも尋ねることが今までに一度もなかったので、彼女がこの場所にいる理由や、それどころか彼女の名前すらもわたしは知らない。それでもただ一つはっきりとしていることは、彼女が悪霊と呼ばれる類の存在であるということだった。

生きている人間に危害を加えたり、いたずらをしたりする悪霊。あの日、車の中に現れて二人を引き離した張本人だ。あれは彼女のいたずらにしてはまだまだやさしいものだったのだろうけれど、わたしにとって、引き離された二人にとって、失われたものは大きい。

「おねえちゃん」

二度目の呼びかけ。一度目と同じで、それきり何も喋らないでじっとわたしのことを見上げている。わたしの声を待っているのかもしれなかった。

大丈夫だよ、と言えばそれでいいような気がする。あなたのせいじゃないよ、と、そう言ってほしいのだろうかという邪推もしてしまう。口を開けば、きっと彼女に当たってしまう。口を開けば、あなたのせいだと言ってしまう。

わたしの大切な時間を一瞬にして奪い去った、幸せな二人の空間を一瞬にしてぶち壊しにした、目の前の少女。心配そうなその顔を、憎く思ってしまう気持ちが心のどこにも存在しないのかといえば、そんなはずはない。

それでも、この件に関して、わたしは彼女に恨み言を言える立場ではないのだ。

わたしは頭の中がねじ切れそうになるほどに言葉を捜して、思い浮かんだ言葉を口にする自分の姿を何度も何度もイメージして、納得のいく口調と表情が見つかっても一旦迷って、その上で口を開いた。たぶん、ほんの少しの間のことだった。

口を開きかけて、それで終わってしまったのだけれど。

ただでさえ大きな目が突然見開かれ、何かを睨みつけるようにして小さな瞳がぎょろりと動いたのだ。単に驚いてしまっただけなのか、その凶暴な表情に恐れを感じたのか、わたしの言おうとしていた言葉は喉の奥へと引っ込んでいってしまい、なんと言おうとしていたのかさえも、あやふやになってしまっていた。

嫌悪感を示すとき、彼女はこういう顔をする。わたしはその顔を見た瞬間、自分の中の醜い気持ちが彼女に気づかれてしまったのではないかと思い背筋を凍らせていた。しかし彼女はわたしとは違うどこか遠くを睨みつけたまま、小さな声で「きた」と口にしたのだった。

それが彼女の発した声だと気づくまでに、少しだけ間があった。彼女の発した言葉が、何かが「来た」という意味なのだと理解したのは、ぎょろりと剥かれた視線を追って、闇だかアスファルトだか分からない、黒く続く車道をしばらく眺めてからのことだった。

来た。

彼女の発した言葉を、わたしも心の中で繰り返していた。来た。あの二人が。飛び上がって喜んでしまいそうな心持ち。飛び上がらなかったのは、きっと心の底に沈んだ罪悪感のせい。

闇の中から強い光が現れて、わたしはそれがぬか喜びには終わらないことを確信した。見慣れた、なんてものじゃない。まるで自分の持ち物であるかのように想い、眺め、待ち焦がれたあの車。

あの二人がやってきた。

まず、姿を消すことができているのかどうかが気になった。大丈夫。意図しない限りは、あの二人にわたしの姿は見えないはずだ。

次に、悪霊の少女が再び彼らの前に出ていこうとしていないかが気になった。視線を戻すと、既に赤い服は影も形もなくなっている。

ぞっとした。

最後に見せた、嫌悪に満ちたあの表情。彼女はまた、悪さをするかもしれない。

いつもと同じように、二人を乗せた車は自動販売機の前に、わたしの目の前に停まった。消えた少女の姿を捜すべきか否かを迷っているうちに、眼前のドアが開く。助手席側のドアだった。

よかった。今日ここに来たのは彼氏さん一人じゃない。彼女さんも一緒なんだ。焦燥の中で小さな安堵を感じる。

　それも、束の間だった。助手席から降りてきたのはどう見ても女性じゃない。この車の持ち主である、気の弱そうな彼氏さんでもない。はじめて目にする、短髪の男性。細い目をした、ちょっと意地悪そうな人だった。ドアが開くまで助手席に乗っているのが男性であることに気がつかなかったのは、自動販売機の明かりが窓ガラスに反射してしまっていたせいだ。

　短髪の男性がずかずかとこちらに向かって歩いてくるので、わたしは弾かれるようにしてその場を離れた。彼は逃げ出したわたしには目もくれず、自動販売機の脇に設置された空き缶用のゴミ箱のある方向へ歩いていく。

　なるほど、手には飲み終えたものと思われる飲料の缶が握られていた。どうやらわたしの姿は見えていないらしい。ひとまず、ほっと胸を撫で下ろす。

「ち、ちょっと待ってくれよ」

　続いて運転席側のドアが開き、わたしの知っている男性、彼氏さんが慌てて飛び出してきた。短髪の男性は彼の友達だろうか。意地悪そうな友達の背中をあたふたと追うその姿は、恋人といるときには見せることのない彼の一面なのだろう。それがいかにも彼らしくて、思わず微笑んでしまう。

「はは、一人になるのは怖いかい」

目の細い友達はそう言いながら缶を捨てると、追いついた彼氏さんのほうを振り向いてにやにやと笑ってみせた。彼氏さんと同じで成人していることには間違いないのだろうけれども、その笑顔からは意地悪でいたずら好きな、だけどどこか憎めない少年のような印象を受ける。気の弱い友人を困らせるのが楽しいのだろうか、軽く顎を掻《か》く仕草が、その印象に拍車をかける。

彼氏さんも色白というわけではないけれど、浅黒い肌の友達と並ぶとどうにもなよなよとしたイメージになってしまう。そんな姿が、いたずら好きな少年のささやかな嗜虐心をくすぐるのだろう。

「茶化すなよ。いきなりお札なんて渡されて、困っただけさ」

お札。彼氏さんが憮然として言い放ったその単語に、どきりとする。

「困るだって？　情けないことを言うなよ」

やはりドラマのワンシーンでも観賞するようにして二人のやりとりを眺めてしまっていたらしいわたしは、彼らがこの場所へやってきた目的に気づいて現実に引き戻された。

「本当なら、お前が一人でやっていたかもしれないんだ。いざとなったら、自分一人でも幽霊退治をするような気持ちでいてくれないと」

幽霊退治。はっきりとそう言った。足元に突然穴が開いたかのような絶望感、喪失感。幽霊であるわたしが微笑みながら見守ってきた彼氏さんにとって、今やわたしたち幽霊は退治すべき対象なのだ。恐らく退治したがっている幽霊というのはわたしではなく――なにしろ彼らがわたしの存在を知っているわけがない――恋人どうしを引き裂いた少女のことであるのに違いないけれど、この二人にとっては彼女であろうとわたしであろうとそれは等しく霊であり、退治すべきものであることには変わりないのだろう。

わたしはずっと、彼と彼の恋人の幸せを願ってきたのに。わたしは既に、彼氏さん、彼女さん、更にはその友達にとってさえも敵となってしまったのだ。

もはや悪霊の少女を捜す気にはなれなかった。今思えば、あの子はこの場所へやってくる二人の目的に感づいていたのだろう。先ほど彼女が見せた嫌悪感の理由が分かり、わたしは打ちひしがれた心境の中で、妙に冷静な気持ちで納得していた。

彼氏さんとその友達が、幽霊退治の方法について何やら言い合っている。聞き耳を立てていると、浅黒い肌の友達はハルヒコという名前であるらしいこと、二人が持ってきたというお札は、ハルヒコと呼ばれた友達が用意したものであるらしいこと、また、呆れたことにと言うべきか拍子抜けしたことにと言うべきか、お札を用意した当人でさえ、その使い方を知らないのだということが分かった。

結局は目立たない場所に貼っておこうということになったようで、ハルヒコという男性は彼氏さんが不安そうにつまんでいたお札らしき紙をひったくると、空き缶用のゴミ箱を動かして自動販売機の側面、下のほうにそれをビニールテープで貼りつけた。

ゴミ箱をもとの場所に戻してお札を隠すと、ハルヒコさんは少年のようなにやけ顔を見せ、その後ろに突っ立っていた彼氏さんは不安と安堵が入り混じったような、なんとも言えない表情でゴミ箱をじっと見つめていた。

続いて、できることはなんでもやっておこうということなのだろうか、ハルヒコさんは合掌して読経をし始める。お札の使い方も知らずにやってきた割には自信ありげな友達の姿を、彼氏さんはただただ目で追うことしかできないようだった。

わたしは直前まで抱いていたはずの喪失感を忘れて、ハルヒコさんの正しいのか間違っているのかも分からない幽霊退治の作法を、あっけにとられて眺めていた。

除霊の方法が間違っているのか、退治しようとしている対象が違うせいなのか、もともとわたしにはこういった除霊が効かないのだということなのか、はたまた彼や彼の使ったお札自体には、なんの力もないということなのか。わたしの身体は消えてしまったりはせず、辛さやら安らぎやらを感じることもなく、それらしい現象を体感することはできない。

本当に退治なんてされてしまってはたまったものではない、とは思いながらも、こうして何も起こらないというのには、なんだか屈折した物足りなさすら感じてしまう。

とりあえず、この二人はわたしにとって、脅威となる存在ではないということなのだろう。そう思うと、ネガティブな方向にしか働いていなかった思考が、急にポジティブな方向へと傾きだした。

わたしの存在を知ってもらいたい。

今まで、彼氏さんと彼女さんの二人を眺めていたときには考えたこともない願望だった。理由はある。きっと、たくさんある。

無邪気で、抜けているのかしっかりしているのかよく分からないハルヒコさんと、彼女さんといるときのシャイで優しい彼とは違う、強がりな面を見せる彼氏さん。そんな二人ならば、もしかするとと幽霊であるわたしのことを受け入れてくれるのではないか、親しげに声をかけてくれるのではないかという期待があった。

いや、受け入れてほしいのだ。親しげに声をかけてもらいたいのだ。それがいちばん大きな理由。そんな楽しげな二人組に、幽霊は退治すべき敵だという認識を持ったままこの場所を立ち去ってほしくない。確かに、悪霊であるあの子は彼らに嫌われてしまっているのかもしれないけれど、この場所には彼女だけじゃない、友好的な幽霊もいるのだということを知ってもらいたい。

ハルヒコさんは、いまだに淡々とした調子でお経を唱えている。目を閉じて、合掌をして、この日のために覚えてきたのだろうか、暗唱しているようだった。生前に、何度か耳にしたことがある。般若心経といったっけ。

彼が読経を終えるまでにはあとどの程度の時間がかかるのかは分からないけれど、これを唱え終わった後に、二人がまだこの場所で何かをする確証はない。だとすれば、わたしの存在を知ってもらうのならば、今しかチャンスはないということだ。

善は急げ。時間がない。だけどこの場所で、二人のすぐ近くで突然姿を現したのでは、あの子がやったのと変わらない。ただ驚かせてしまうだけだ。

だったら、どこか遠くから——道の向こうから歩いてくるかたちにしよう。急がば回れだ。わたしは静まり返ったアスファルトを音もなく、何度も振り向きながら走り、二人の姿が見えるか見えないかという距離まで移動した。

自動販売機の明かりの中で、人差し指ほどの大きさになって薄ぼんやりと立ち尽くしている二人。ここから近づいていけば、もしかすると彼らは、わたしが幽霊だなんて気づかないかもしれない。楽しげな予感に、内心でにやりとほくそえんだ。

後は、霊感のない彼らの目にも、わたしの姿が見えるようにするだけだ。実践をするのははじめてだけれど、方法は悪霊の女の子に聞いたことがある。彼女は、波長を合わせるんだよ、と楽しそうに言っていた。

何度か力んでみると、自分の身体が普段とは違うものになっていくのを感じた。やった、成功。わたしはわざとらしくならないようにゆっくりと、ただの通行人ですよ、というふうを装って、二人のいる場所へと歩きだす。

二人のそばまで戻ったら、なんと言おう。まずはこんばんは、だろうか。そうだ、笑顔でこんばんは、だ。その次には、何をやっているんですか、と聞いてみよう。初対面の人に幽霊退治だなんて言うわけにもいかず、しどろもどろになる二人の姿が目に浮かぶ。さあ、そうなったら、次はなんと声をかけよう。

あれやこれやと考えていると、まだ距離のあるうちから視線を感じた。彼氏さんだ。よかった、ちゃんと見えている。彼はハルヒコさんと違って目を閉じてはいなかったので、すぐにわたしのことを見つけられたのだろう。

見られている。胸の奥が震えるほどの感動。彼を目の前にするたびに、見られていやしないかと思い不安すら抱いたあの目。とても気が弱そうだけれど、そのぶん優しそうな、あの目。長らく向けられることのなかった生きている人間の視線は、意識しても意識しても、それでもまだ意識し足りないほどの力を持っていた。

ただの通行人という体で、という考えは既に意味をなくしている。彼氏さんとは自然と目が合ってしまい、わたしの目はそれに釘づけになっていた。この視線を引き剥がさなくては不自然だと、強く強く思う。それでもこの視線を引き剥がすことなんて、できるわけがなかった。

それまでじっとして動かずにいたハルヒコさんが、ちらちらと動きだす。どうやら読経が終わったらしい。彼氏さんは何事かを話しかけられているようだったけれど、その視線はわたしのほうを向いたまま。なぜだろうか、彼もわたしの姿に釘づけだ。話しかけているうちに、友達の様子がおかしいことに気づいたのだろう。ハルヒコさんも彼氏さんの視線を追って、とうとうわたしのことを発見した。

そこで、気づいた。どうして最初から気づくことができなかったのだろうか。彼らの目はおばけでも見るような目、そのものだった。おばけが出てきたのだから、そんな目をするのは当然だった。

幽霊だなんて気づかないかもしれない。よくもまあそんなにおめでたい想像ができたものだ。あの目、怖がる目。受け入れてくれるわけがない。幽霊退治の途中で幽霊が現れて、いったい誰が親しげに声をかけるだろう。

幽霊退治をしていた二人は跳ぶようにして車に乗り込むと、わたしの傍らを通り、あっという間に走り去っていってしまった。

わたしは友好的な幽霊ですよ。そう言いたかっただけなのに、なんて無様な結果だろう。

どこからか、きゃっきゃという笑い声が響いてくる。足元へ目をやると、それまでどこに隠れていたのだろうか、悪霊の少女が嬉しそうにこちらを見上げていた。

「おねえちゃん」

いかにも子供らしい、天真爛漫な笑顔。

「やったね」

心からの楽しそうな言葉。

わたしは、何も言わずに背を向けた。

彼女の嬉しそうな顔を見続けていると、自己嫌悪でどうにかなってしまいそうだったから。

彼女のことを憎らしく思わずにはいられない自分自身が、どうしようもなく醜く思えてしまうから。

背後に彼女の気配がなくなっても、わたしは振り向くことができなかった。


信号機が黄色い明かりを点滅させていたので、わたしはおおよその時間を知ることができた。

わたしの留まっている道路の両端は二本の横断歩道によって仕切られるようなかたちになっており、その横断歩道を利用する歩行者のための信号と、この通りを出入りする車両用の信号機がそれぞれに設置されている。

夜中になるとほとんど交通のないこの場所の信号機は、日付が変わると夜が明けるまでの間、こうして黄色い明かりを点滅させるのだ。

あの二人はこんな真夜中に、幽霊の出た場所に赴いたのだということになる。お互い、友人の手前では強がっていても、本当はずっと怖がっていたのに違いない。何も起こることがないように、幽霊に出くわしたりしないように、願っていたのに違いない。そんな二人の前に、よくもまあ、わたしは無神経に姿を現すことができたものだ。

もう、彼らがこの場所に来ることはないのだろうか。

それとも、再び幽霊退治にやってくるのだろうか。わたしを退治しに、戻ってくるのだろうか。

街灯の少ない十字路が、信号機の点滅に合わせて単色に彩られている。毎日毎日見てきた味気ない風景が、今夜はいっそう空しく映る。青信号を待つ歩行者さながらに横断歩道の前に立ち尽くしながら、わたしは浅くため息をついた。

わたしの生前にも、この場所では除霊が行われたことがある。それは肝試しの一環のような今回の幽霊退治とは違い、もっと本格的な――いかにもそれらしい出で立ちの人物を含む大所帯での――除霊作戦だった。当時、近所に住んでいたわたしは、ちらりとその様子を見たことがあった。

今では騒ぎが静まっているせいで、この場所が心霊スポットであったことなんてきっと忘れ去られているのだろうけれど、あの頃は、心霊現象の絶えない危険な場所として近所では有名だったのである。

この場所で事故によって亡くなってしまった女の子が化けて出て、横断歩道の前で信号待ちをしている人を車道に突き倒そうとする。口々に語られていたこの噂は、今現在実際に悪霊の少女がこの場所に留まっている以上、真実だったのだろう。

命に関わる重大な問題として、子供たちはもちろんのこと、オカルトには興味のなさそうな大人たちでさえ、この霊現象に頭を抱え、この場所を避け、誰が言い出したのだろうか、信号待ちの際には車道から十分に距離を置くように、というありきたりな対策案までもが生まれた。

当時のわたしも、周りの皆と同じように怖がっていた。同時に、きっとどこかで面白がっていたんだと思う。それもまた、周りの皆と同じように。なにしろあの頃にはまだ、危険な目に遭ったという体験談こそあったものの、死者が出るまでには至っていなかったのだ。

今回の彼らも、もしかしたらあの頃のわたしと同じだったのかもしれない。怖さ半分、冗談半分でこの場所にやってきたのかもしれない。だとすればお札だけを用意して、その使い方も分からずにたった二人で、しかも真夜中に赴いたことにも納得がいく。

気の弱そうな彼氏さんのことだ。彼一人でこんなことを思い立つとは考えにくい。あの腕白そうな、ハルヒコさんにたぶらかされたのだろう。ハルヒコさんはハルヒコさんで、ひょっとすると幽霊の存在なんて信じていなかった可能性がある。幽霊退治だと言いながらそれらしいことをやって見せれば、落ち込んでいる友人を元気づけることができるのではないか、という目論見があっての行動だったのかもしれない。

そう考えると、幽霊退治にやって来た二人の行動に一喜一憂していた自分が、なんだか途端にばからしく感じられてしまう。わたしはただ、肝試しにやってきた二人の姿を見て気持ちを浮き沈みさせていただけなのだ。彼らと友好的に接したいというわたしの願望は果たされなかったけれど、彼らの無計画な肝試しに一つ山を作ってあげたのだということにしてみれば、幾分か気が晴れる。

そう考えるのが、いちばんんだ。

車両用の信号機を見上げる。相も変わらず同じ色を、同じリズムで点滅させている。足元を見て、もう一度見上げても、やっぱり何も変わらなかった。信号機から視線をはずしても、同じ色が同じ周期で辺りを照らしているだけ。そんなことは足元を見たときから、いや、それよりもずっと前から分かっていること。

そんな点滅信号も、朝になれば赤にだって青にだって変わるようになる。

そう考えるのがいちばんなんだと、朝になれば思えるようになる。

目を閉じた。真っ暗な世界。忘れよう、と心の中でつぶやいて、それから実際に、忘れよう、と口にした。こんなことでも、慰め程度にはなってくれるはずだ。

だけど、そんなことで忘れられるわけがない。気が晴れるわけがなかった。

目を開けて、わたしは反射的に口を押さえていた。驚いたから、と言えばそのとおりなのだけれど、何よりも、忘れよう、という言葉をなかったことにしたかったのだと思う。

目を開けると、辺りを照らす色が変わっていた。光はずっと強くなり、点滅のペースも変化していることが分かる。

開けたばかりの目を、わたしは思わず疑った。何度瞬きをしても、眼前に広がる風景は元に戻ることがなかった。

夜の暗さの中でくっきりとした輪郭を浮かび上がらせている、メタリックグリーンの車体。見覚えがある、というよりも、自動車の種類に疎いわたしにとっては、それと見分けられる数少ない車。

彼氏さんの車が、戻ってきたのだ。幽霊と出くわしてしまったその夜も明けないうちに、ひょっこりと。車は横断歩道を少し越えた辺りに停車して、エンジンを切ってからハザードランプを消した。再び黄色い点滅が辺りを照らしても、そこにはさっきまでとは違う風景が広がっている。

車の停まっているのが向かい側であるため、中の様子は分からない。どうして戻ってきたのだろうか。足元の横断歩道を渡りさえすれば彼の車はもうすぐそこだというのに、わたしの足は灯っていない赤信号に静止させられているかのごとく、一歩も踏み出すことができずにいた。

不安なのだ。予想外、という言葉すらわざとらしい、わたしにとってあまりにも都合の良いこの状況が、わたしのことをいたずらに不安にさせている。

除霊をしに戻ってきたのだという可能性もなくはないのだろうけれど、たわいない肝試しの一環のようであった先ほどの状態から、一晩どころか何時間も置かずに体勢を立て直してくるほどの、人並みはずれた手際のよさが彼氏さんやハルヒコさんに備わっていると考えるのも現実的ではない。

ほんとうに、どうして戻ってきたのだろう。不思議に思いながらしばらく様子をうかがってみたけれど、車はしんと静まり返り、動き出す素振りも、中から誰かが出て来る気配すらも感じられない。

そのまま、どれくらいの時間が経過したのかは分からない。けれど、赤かった信号が青く変わるのには十分な時間が経っているような気がする。歩を進めようと思ったのが先か、身体が前進していることに気づいたのが先か。横断歩道を渡り始めると、白いラインを一つ越えるごとに、急な階段を一段ずつ上っていくかのような妙な感覚があった。

白線を渡りきってから改めて彼氏さんの車に目をやると、それまでの不安感がとても取り留めのないものであったかのように感じられる。飽きもせず点滅を繰り返す車両用の信号機は、わたしがこともなげに車に近づいたことに驚いて瞬きを繰り返しているようだった。

助手席側のドアに近づくと、運転席に座った彼氏さんの顔が、携帯電話のディスプレイによってぼんやりと照らし出されているのが見えた。電話越しに誰かと話しているらしい。車内には他に誰の姿もなく、それがわたしにとってはますます不思議な光景であるように感じられる。

電話をしている彼氏さんの表情には落ち着きがなく、見ていて可哀想になるほどの悲壮感に溢れ、それでいて精一杯の虚勢が見て取れた。

「でも」

車から、上擦った大声が漏れ出てくる。

「でも、幽霊は退治したよな」

車外にいるわたしの耳にもはっきりと届く、泣き喚くような大声。この言葉で、電話の相手がハルヒコさんであるのだと確信した。おおかた、今夜再びこの道を通ることになってしまったことについて話しているのだろう。

幽霊の出た道にまた来ているだなんて、正気かい。でも、幽霊は退治したよな。そんなやりとりが頭に浮かぶ。

「あれって」

恐怖のせいか、感情が昂ぶっているらしい。彼氏さんの声のボリュームは下がらない。

「だからあれは人間だろう」

最後に悲鳴か怒鳴り声かというほどの大声をマイク部分に叩きつけると、電話を握っているほうの手を耳元から引き剥がし、空いている手の人差し指で携帯電話のボタンを突いた。おどおどとしながらも機敏な動きだった。

通話が終わり、直後に訪れた不穏な静けさの中、彼氏さんは携帯電話を握ったままバックミラーを見たりサイドミラーを見たり、前後左右をきょろきょろ、きょろきょろ。

それから間もなく、さも当然のようにわたしと彼氏さんは目を合わせた。

目が、合った。

わたしは今、彼氏さんに見られてしまっているらしかった。

姿を見せようと思っていたわけではないけれど、見られないように、と特別意識をしていたわけでもなかった。結果として、わたしは先ほど姿を現したときの感覚を引きずってしまっていたのだろう。

わたしの姿が、今、どのように彼氏さんの目に映っているのかは分からない。ぼんやりとしているのか、はたまた透き通って見えるのか、それとも生きている人間のようにはっきりとした輪郭を持って見えているのだろうか。ただ、見る間に泣きだしそうな顔になっていく彼の表情から推測するに、あまり友好的なものに見られていないことだけは確かだった。

どういうわけか、このタイミングで得心する。彼も、わたしと同じなのだ、と。

わたしがうっかり姿を見られてしまったのと同じように、彼氏さんもきっと、うっかりこの通い慣れた道へ戻ってきてしまったのだ。わざわざ幽霊の出た場所に戻ってこようと思っていたわけではないけれど、かといって特別に避けようと気を張っていたわけでもなかったのだろう。

「どうかしたんですか」

彼氏さんの声が、紛れもなくわたしに向けられていた。その声は恐怖の色を含んだものではなく、その他のどんな感情を含んでいるわけでもない、不自然なほどに平坦なものだった。

直前に目の前のパワーウィンドウがゆっくりと開かれていっていたのだということ

を意識したのは声を耳にする前だったのか、後だったのかはっきりとはしない。けれど、今、わたしと彼氏さんとの間にはガラス一枚の隔たりもない。

言葉が出なかった。

思い返してみれば幽霊のこの身になって以来、生きている人間に語りかけたことなど一度もなかったし、そうでなかったとしても、この状況において何を言えばいいのかが分からない。

だけど、それよりも、何よりも、わたしは緊張してしまっているようだった。器官としての心臓は既に失われているけれど、どぎまぎとした懐かしい感覚が身体の内から震えながら湧き上がってきているのが分かる。

どうかしたんですか。直前に耳にした言葉が、こだまのようにして頭の中に蘇ってきた。紛れもなくその言葉は質問で、彼氏さんの視線がいまだにわたしから離れないのは、目の前で立ち尽くす得体の知れない女の返答を待っているからであるのに他ならない。

わたしは、うつむいた。

もとから、うつむき加減でいたような気がする。だとすれば、そこから更にうつむいてしまったわたしは今、彼氏さんに頭頂部を見せつけようとしているかのような、それは不自然な格好になっているのだろう。

せっかく声をかけてもらっても何も言うことができない、居たたまれなさ。目を合わせずにいれば、そんな辛さから逃れられるような気がしたのだ。

実際に、じっと闇色のアスファルトを眺めていると、気持ちが楽になっていく。いつまでもこうしていられるような、いつまでもこうしていたいような、底知れない安心感がじわじわと足元から侵食してくる。

落ち着きを取り戻しだす頭の中に、除霊の現場が頭に浮かんだ。あのときはあんなに、語りかけることを楽しみにしていたのに。こんばんは、と口にすることを考えるだけで、わくわくしていたというのに。

わたしは声をかけたくてかけたくて、たまらなかったのに。

そうだ。このままじゃあ、だめだ。

顔を上げれば、まだそこに彼氏さんがいるはずだ。わたしの返事を、待ってくれているはずだ。だけど、この状況がいつまでも続いてくれるわけがない。早く言葉を返さないと、彼をこの場所に留めているうっかりという魔法が解けてしまう。

声が出てこない。彼氏さんの顔も、見ることができない。

だったら、
だったら、場所を変えればいい。

声をかけたくてたまらなかった、あの場所に行けばいい。咄嗟に思いついた強引な発想。

まだ、彼氏さんはわたしのほうを見てくれているだろうか。きっと、見てくれている。わたしは左腕を真横に伸ばし、この位置からは目視することができないはずの自動販売機を指差した。

あなたがハルヒコさんと、意地を張りながらも楽しげに話をしていた場所へ行きましょう。あなたが彼女さんと、照れながらも嬉しそうに言葉を交わしていた場所で、わたしもお話がしたいです。

地味で奇怪なボディーランゲージにどれほどの伝達能力があるのかは未知数だけれども、それが今のわたしにできる、最良のアピール方法だった。

いつまで続くともしれない数秒という時間を、信号機にでもなったかのような気分でアスファルトを見下ろしながら過ごす。

「あの」

反応を待ち続けていたわたしの頭頂部が、なんのこともなく発せられる彼氏さんの声を聞いた。嬉しさよりも、ほっとする気持ちが強かった。

「どうぞ」

わたしが、幽霊だからだろうか。

幽霊だから、言葉も使わずに言いたいことが伝わったのだろうか。幽霊だから、彼氏さんの「どうぞ」という言葉の意味が分かったのだろうか。

わたしは彼氏さんと目も合わせないまま移動して、後部座席のドアを開けた。彼氏さんは何も言わず、わたしのことを制止しようとする雰囲気もない。だからきっと、わたしの解釈は正しい。「どうぞ」は、「どうぞ乗ってください」の「どうぞ」だ。

席に着くと、以前助手席に座ったときよりも窮屈な、そのくせ、同じようなふわふわごわごわとした感触がわたしのことを出迎えた。そこには以前のような自己嫌悪はなく、ささやかな喜びが漂っている。それもそのはず、今回は無断で侵入するのではなく、招かれて座っているのだから。

わたしがドアを閉めると、それを合図に車は走りだした。とうに緊張は解けていたけれど、今度はなんだか気恥ずかしくて、やっぱりわたしはうつむいてしまう。

目的地に向かう途中、車の中はそれは静かなものだった。時おり上目遣いになって は運転席の様子を確認し、彼はどんな気持ちでハンドルを握っているのだろうと考えた。わたしのことを幽霊だと分かっているのであろう彼は、後部座席にうつむきがちな真夜中の客人を乗せて、いったいどういう心境なのだろうか、と。

それから間もなく、自動販売機の前まで辿り着いて、停車。咄嗟のボディーランゲージがここまで正確に意図を伝えていたのだということに、わたし自身が誰よりも——この場にいるのはわたしと彼氏さんの二人だけなのだけれども——驚いているはずだ。

わたしにとっては、何から話せばよいのやらを考えるためには短すぎた深夜のドライブ。運転席の彼にとっては、きっと生きた心地のしない、いつ終わるともしれない長い時間だったのだろう。

外からは人工的でありながらも温かみのある、自動販売機の明かりが射し込んできている。わたしには言葉と勇気を、彼氏さんにはとりあえずの安心を与えてくれるはずの光。

「着きましたよ」

先に言葉を発したのは彼氏さんのほうだった。

予想に反して、安心感の欠片も、恐怖の色すらない無感情な声。

「なんだかつまらなさそうですね」

思わずそう口にしてしまったのは、予想外の態度を見せた彼氏さんへの驚きと、言葉に感情すら乗せてくれないことへの不満のせいだ。

そういえば、わたしが車に乗る前から彼氏さんの声は平坦で、無感情だった。ハルヒコさんとの電話では恐怖のあまり声が上ずってしまっていたほどだというのに、よくよく思い返してみれば、わたしに声をかけるときは、まるで石ころにでも語りかけるかのごとくだったじゃないか。

「あの子のときは、ひゃーひゃー言って逃げ出したじゃないですか」

生きている人間と話すのがはじめてだからだろうか。ひゃーひゃー、の部分におかしな具合に力が入ってしまい、なんだか楽しげな話でもしているかのような口調になってしまう。

何にせよ、それが、彼の幽霊に対する反応だったはずだ。三度目ともなるとさすがに慣れてしまうのだということだろうか。そうでなければ、

「もしかして、わたしのこと幽霊だって気づいていませんか？」

と、そういうことになる。これはわたしの考えていた状況とはかなり違うものではあるけれど、それはそれで、良い傾向だ。

彼にとって、わたしは少なくとも恐ろしい存在ではないということになるのだから。

「こう見えても幽霊なんですよ」

どう見えているのかは分からない。この言葉は、あなたにとって恐ろしい存在ではないわたしは、実は幽霊なんですよ、という意味。

彼の目はこちらには向けられてはいなかったけれど、わたしは精一杯の親しげな笑顔を作り、うつむけていた顔を思い切って持ち上げた。無理をしているつもりはなかったのだけれども、膝の上で握る手が小刻みに震えていた。

深く考えもせずにしてしまった、自身が幽霊であるという告白。これによって、せっかくの笑顔が無意味なものに終わってしまったらどうしよう。彼氏さんの背中に笑顔を向けながら、わたしは恐怖のあまり打ち震えてしまっているのだった。

エンジン音が低く響く中、彼氏さんはわたしが後ろにいることなど忘れてしまったかのように沈黙を貫いている。

この無言という圧迫は、恐怖がわたしを打ち負かすのには十分なものだった。精一杯の笑顔が崩れていくのが分かる。今にも再びうつむいてしまいそうで、だけどそこまで落ち込んでしまってはこの車から出て行くことさえもままならなくなってしまいそうだったので、なんとか耐えぬいた。

それが吉と出たらしく、思わぬ発見をしてしまった。

バックミラーに映る、彼氏さんの目。鏡越しに、わたしの様子をうかがっているのだろう。あえて言うならば退屈そうな双眸は、わたしの思い違いでなければ少なくとも幽霊を怖がるふうではない。

自己を奮起させて、再び笑顔を作る。彼氏さんが反応を見せないのならば、もっと、わたしから話しかけていけばいいのだ。さあ次はなんと言おう。親しげに、親しげに。

「あれ、反応薄いですねぇ。嘘だと思ってるんですか？」

ふと頭に浮かんだのは、ハルヒコさんの顔だった。仕方がない。わたしにとっては彼氏さんと親しげに話す人物なんて、彼女さんかハルヒコさんしか思いつかないのだ。頭の中のいたずら好きな笑みに引っ張られてしまったらしく、わたしの口調にも若干の意地の悪さが混ざる。

「あ、怖すぎて声も出ないとか」

怖がられていないという確信がなければ、とても口にできるはずもない冗談。わたしはハルヒコさんよろしく、いたずらな笑みをバックミラーに向けた。

「あの」

呼びかけられる。膝の上に握った拳が、嬉しさに震えた。たった一声ではあるけれど、それがわたしの求めた声であることには間違いない。

「なんですか？」

ほとんど反射的に声を返す。会話よ、続け。

「着きましたけど」

驚いた。ここまでかたくなに、人の言葉に無関心な対応があるだろうか。事務的かつ無感情なその言葉は、予想していたどんなものよりもわたしに衝撃を与えた。

「あの、わたし、幽霊なんですが」

強調したいわけでもなかったけれど、わたしが亡者であるという何よりも重要な事実に対してなんの反応も見せないということに、居心地の悪さを感じずにはいられなかった。

「それとこれと、どういう関係があるんですか」

今度はうんざりとした口ぶりで、やはり彼氏さんは事務的に言う。

「それとこれ？」

「あなたが幽霊だっていうことと、目的地に着いたのに、あなたが車から降りようとしないことです」

心なしか早口な彼氏さん。失礼なことに、今度は機嫌が悪くなりだしているらしい。代名詞だけの言葉足らずな質問をしておいて、そんな態度は身勝手というものだ。

「あ、降りてほしかったんですか。だったらそう言ってくれればいいのに」

嫌味を込めて言い返した。

「降りてほしいと言ったら降りるんですか」

「そういうわけにはいきませんよ」

わたしの嫌味をまっすぐに受け取ってしまったのか、彼氏さんの対応は腰の砕けるようなものだった。それに対して、わたしは機嫌を損ねているふうに即答する。これまでの無関心な態度への仕返しにからかってやろう、という気持ちもあったけれど、そんな態度にわたしが機嫌を損ねていたのも、また事実だ。

「せっかく波長を合わせたっていうのに、これでさようならじゃあ意味がないです」

「どういうことですか」

「お話ししましょうっていうことです」

お話ししましょう。口に出してみて、やっと分かった。わたしが最初に言うべき言葉はこれだったんだ、と。長い間探し続けていたような気がする言葉は、言葉のキャッチボールが成立した途端に、なんのこともなく見つかった。

わたしが喜びに浸ろうとしていると、

「波長について質問したかったんですが」

またもや腰砕けの質問。それでもわたしの喜びが冷めることはなかった。こうして質問をしてくれているということは、お話ししましょう、というわたしの言葉を拒絶しているわけではない、ということになるからだ。

「なんだ、そっちのことでしたか」

とはいえ、わたしだって波長についてはよく分かっていない。今、こうして彼氏さんの目に映っているからには波長が合っているということになるのだろうけれど、それについて説明しろと言われてうまく言葉にできるほど、自分自身のこととはいえわたしは霊体というものについて詳しくなかった。

そもそも波長という言葉自体が、霊としては先輩である、悪霊少女の受け売りだ。わたしが自分の姿を彼氏さんに見えるものとするのにあたって、波長云々をそれほど意識していたわけではないのだ。

「ラジオの電波みたいなものですよ。ダイヤルをひねって、いちばんよく聞こえるところに合わせるじゃないですか」

よく分かりません、と言ってしまっては、わたしが幽霊であるという事実への信憑性が薄れてしまうような気がしたので、身近なものを例に出してお茶を濁すことにする。

バックミラー越しの物欲しそうな目に応えるべく、続けて電波だの受信機だのという単語をそれらしく並べたてたてから、

「あ、どうしてわざわざ波長を合わせたんだろう、っていう顔をしてますね」

少しだけわざとらしく、

「それは、あなたとこうしてお話をするためです」

話題をもとに戻した。

「どうして」

期待どおりの反応。よかった、ちゃんとコミュニケーションがとれている。どうして、という質問に対する答えは決まっていた。

「ところで、彼女さんとはうまくいっていますか?」

遠回しで、そして意地悪な返しではあるけれど、ゴールのはっきりとした問いかけ

だった。待っているのは簡単な詰将棋だ。

「ぜんぜんうまくいっていませんよ。この間、幽霊に遭遇してからというもの、ほとんど口もきいてくれません」

　自嘲気味に苦笑する彼氏さん。わたしが恋人のことを知っているということに対して、深く追及するつもりはないらしい。

「ですよね、逃げちゃいましたもんね」

　心の痛むことではあるものの、おおむね予想どおりの二人の現状。わたしも苦笑というかたちで、如何とも言い難い感情をバックミラーに向ける。

　間接的にではあるけれど向かい合って、この場所で同じ空気を共有しているのだという感覚がわたしの中に不謹慎な喜びを生み出しかけた瞬間、彼氏さんの表情からは戸板返しのように苦笑が消え去った。わたしは落とし穴にでもはまってしまったかのような心境で、えっ、と小さく声を漏らした。

「知ってるんですか」

　語調こそ変わらず自嘲気味ではあるものの、真顔から繰り出されるその言葉は攻撃的にすら感じられる。

「はい、あの子から聞きましたし、それに、見たんですよ、あなたがビンタされるところ」

わたしは彼氏さんの表情の変化などには気がついていないかのごとく平静を装って、苦笑を続ける。自分のペースを崩してしまっては、ゴールにたどり着けなくなってしまうのではないかという不安があった。

「グルだったんですか」

少々早合点の過ぎる問いかけではあったものの、彼氏さんがそう思うのも無理はないだろう。彼にしてみれば恋路を邪魔した少女も、今、後ろに座っている得体の知れない女も、どちらも同じ場所に巣食う幽霊という点では区別のないものとして捉えられているのに違いないのだから。

それに、彼の言うようにあの夜の出来事に積極的に関わっていたわけではないにしろ、責任の一端か、そのほとんどがわたしにあることは否定のしようがない。むしろ、わたしさえいなければ起こることのなかった出来事であるとさえ言える。

わたしのせいなのだ。

あれから、何度も何度も繰り返してきた思考。思い返すほどに襲いかかってきた後悔や虚無感、その重みが、一挙にぶり返す。

グルだったんですか。想定外の言葉ではなかったし、そう思われているのではないか、という覚悟もあったような気がする。それでも、こうして目の前で発せられたその言葉はわたしの生易しい想像を遥かに超えて、重い。

わたしのせいなのだ。虚勢によって形を保っていたわたしの気持ちが、音もたてずに萎んでいく。

わたしのせいなのだ。だから、こうして彼氏さんの前に姿を現したのではないのか。後づけにしろそうでないにしろ、それが今のわたしの原動力になっていたはずだ。

今一度バックミラーに目をやると、何かを思いつめたような表情の彼氏さんがそこにいた。大丈夫、その表情に不審の色はない。きっと、わたしがあの子と協力して二人の仲を引き裂いただなんて、本気でそう思っているわけじゃあないのだ。障害物に立ち止まってはしまったけれど、ゴールはまだ遠ざかっていない。

わたしのせいなのだ。だからこそ、やることは決まっている。

「あの」

わたしの思いが固まるか固まらないかというタイミングで、彼氏さんは突然こちらを振り向いた。シートベルトを締めたまま腰をひねって後ろを見る、傍から見ているととても無理のある体勢だった。

「すみません」

それは今夜彼からかけられる最も大きな声。わざとらしいほどにはっきりと感情の乗ったその一言は、彼が小さく頭を下げたことから謝罪の文句であることが分かる。突然のことに散漫になってしまった思考をかき集めると、その謝罪が、わたしを疑ってしまったことへの謝罪であるのだという結論に達した。

ほら、やっぱり。わたしの不安は、ただの杞憂だったんだ。まったく、今夜はこんなことばかりが続く。萎んでいた気持ちは、安堵から来る喜びでいっぱいになった。

「失礼ですね。グルだなんて、人聞きの悪いことを言わないでくださいよ」

強気な態度に見えたかもしれない。それでもこれが、虚勢も弱気も失ったわたしの正直な言葉だった。少なくとも、わたしはグルじゃない。はっきりとそう告げたかったのだ。最初からそうしていればいいものを、わたしときたらうじうじと思い悩んでしまっていた。

「あ、違うんですか」

あっけなく晴れる疑い。鏡越しではなく正面から向き合うかたちとなった彼氏さんの顔には、拍子抜けした、と文字で書いてあるかのようだ。

「違いますよ。わたし、あの子のいたずらとは、まったく関係ありません」

ちょっとした、いや、かなり大きな嘘。せっかく晴れた疑いがぶり返すようなことはしたくなかったのだ。罪悪感が身を縮める前に「ですが」と語気を強めて間を埋めると、

「幽霊仲間としては、ちょっと責任を感じているんですよ」

自分のペースを乱すことなく、たて続けに言葉を発する。

彼氏さんは無理のある体勢に疲れてきたのか、後ろを振り向いたままの格好でシートベルトをはずし、前席の隙間から身を乗り出してきた。

「だから責任を取らせてもらおうかな、と思っているのですが……」

近づいた彼氏さんの顔に、この夜最高の笑顔を向けて、

「どうでしょう」

首を傾けると、わたしはゴールテープを切った。

わたしのせいで距離の開いてしまった二人の関係を、わたしが修復させてあげたい。それが、わたしが彼氏さんの前に現れた理由。

後づけであれなんであれ、それはわたしにとってとてもやりがいのある、使命のようなものであることに疑いはなかった。

Channel 3

まず、彼氏さんが彼女さんを助手席に乗せてこの通りへやってくる。これが作戦の大前提であり、決行の合図であり、かつ、唯一わたしの干渉することができない最も不確定な要素だった。

なにしろ、喧嘩別れをして間もない恋人を、その原因となった場所へ連れてこよう

というのだ。彼女さんの度量と彼氏さんの交渉術次第という、これはちょっとした賭けのようなものではあったのだけれど、この点はクリアできた。

夜になってから日付が変わる前には来ますという宣言どおり、彼の車は現れた。おおざっぱな時間指定ではあったものの、正確な時刻を知る術の少ないわたしにとってはきっちり何時何分と決められることのほうが荷の重い話であったし、この場所に留まり続けている何年もの期間に比べれば、たとえたった一晩を待ちぼうけたとしても、大して長い時間には感じなかったことだろう。

事実として、今から一仕事がんばってやろう、という生前以来の強い思いに駆られていたわたしには、あっという間の待ち時間だった。

次に、わたしが車の後部座席に侵入する。ここでミスをすると計画が台無しになる、わたしにとっての正念場だ。

横断歩道の前に待機していたわたしは、二人の乗った車の姿を確認するとタイミングを見計らった。信号で止まってくれれば話は簡単だったのだけれど、あいにくと青信号。もちろんそんな事態は想定済みで、彼氏さんは計画どおり、横断歩道に差しかかったところで車を減速させてくれた。事情を知っているわたしに言わせれば、それはとてもわざとらしい行為ではあったのだけれど、何も知らない彼女さんにとっては気に留めるほどのことではなかったはずだ。

後は、わたしが車体をすり抜けて侵入するだけ。霊であるわたしにとってはそれほど難しいことでもなく、あっさりと後部座席に腰を下ろすことに成功した。

かくして、準備は整った。彼氏さんと彼女さんとの関係が元に戻る、いや、以前よりも強い信頼関係で結ばれるのは、もはや時間の問題だった。

作戦名は、児童書のタイトルをそのまま引用して『泣いた赤鬼作戦』。彼女さんの前で悪者、つまり幽霊であるわたしを彼氏さんが退治することによって勇気を示し、汚名を返上するという、とてもシンプルな計画だ。

いかにもうらめしそうにうつむきながら姿を現したわたしは、車内の空気が凍りついたのを感じて作戦の成功を確信した。

ここまでのお膳立てができていて、失敗するわけがなかった。なにしろ、彼氏さんの一喝でわたしが姿を消せば、それで終わりなのだ。彼女さんはわたしの思惑どおり色を失っている様子だったし、バックミラー越しに一瞬だけ目を合わせた彼氏さんの表情には、作戦決行への意思が見て取れた。

完璧だった。作戦は成功するはずだった。

何も起こらなければ、作戦は成功するはずだったのだ。

計画の仕上げの段階で、彼氏さんがわたしを追い払おうとしたとき、悪霊はその目の前に突然姿を現したのだった。走行中のアクシデントであるにもかかわらず、事故が起こらなかったのは不幸中の幸いというものだろう。だけどわたしたちの立てた作戦は、彼氏さんの悲鳴によって見事に打ち壊されてしまった。

「おねえちゃん」

悲鳴を最後に終始なんの言葉も発しないまま恋人たちは去っていき、取り残され立ち尽くすしかないわたしは、今、すべての元凶たる悪霊に見上げられている。

「怒ってるの」

様子をうかがうような声色。彼女のしでかしたことに対してどういう感情を抱けばよいのやら不明瞭ではあるけれど、言われてみれば、確かにわたしは怒っているのかもしれない。

怒っていることがいちばん自然で、楽なのかもしれない。

視線を下げると、不安そうな顔をした悪霊の姿が目に入った。今回のことでわたしに嫌われていやしないかと、心配なのだろうか。子供らしい、裏表のない繊細な表情であるように見える。

「怒ってるよ」

わたしの短い返答に、少女は表情を強張らせ、泣きそうな顔を次第にうつむけていった。彼女にこんな態度をとることができたのかと、少し意外な気持ちになる。

「どうして、あんなことしたの」

驚いたことに、それはわたしの口ではなく、目の前の少女の口から発せられた言葉だった。

どうしてあんなことをしたのか。聞きたいのはわたしのほうだ。どうして作戦を台無しにするようなことをしたの。この場面では、本来わたしにこそふさわしい質問のはずである。

「あんなこと？」

代名詞の内容を確認する。昨晩の彼氏さんとのやりとりに似ているな、と思った。わたしの言う「あんなこと」ならばまだしも、この子の言っている「あんなこと」が何を指しているのか、見当もつかない。

今回の作戦の中で、ここ数日の中で、わたしが幽霊になってから今に至るまでの中で、果たしてこの悪霊の少女に「どうして、あんなことしたの」と言われる筋合いのあることを、わたしがしたことなどあっただろうか。

ないはずだ。

確信がある。彼女に危害を加えたことも、彼女に不快な思いをさせたことも、彼女のことをないがしろにしたことも、ないはずだ。

返答に詰まっているのだろうか。大きな目が、うらめしそうに、怯えるようにこちらを見上げている。まるで、いたずらを咎められた猫のよう。これじゃあ、まったく、どちらが悪者なのか分からない。わたしはまだ、叱ってすらいないというのに。叱る気すらなかったのに。怒っているわけでもなかったのに。

どうしてわたしが、そんな目で見られないといけないのだろう。

「どうして、あんなことしたの」

膝を曲げて、怯える猫に目の高さを合わせて、なるべく静かな声でわたしはそう尋ねた。まったく同じ言葉にしたのは、性格の悪い皮肉のつもり。

　なるほど、「あんなこと」だけじゃあ何を指した言葉なのか分からない。自分で言ってみて、はじめて分かる。わたしの指すべき「あんなこと」の内容が多すぎて、彼女にどれか一つを特定できるわけがない。

例えばそれは、わたしの作戦の邪魔をしたこと。

例えばそれは、わたしの楽しみを踏みにじったこと。

例えばそれは、彼氏さんと彼女さんとの仲を壊してしまったこと。

例えばそれは、わたしを殺したこと。

危害を加えられたのも、不快な思いをさせられたのも、心を傷つけられたのも、すべてわたしのほうだ。もしも「あんなこと？」だなんて首を傾げるようなことがあれば、思いつく限り、わたしは彼女にされたことを延々と並べたてるのに違いない。

大きな黒目がわたしから逃げるようにして泳いでいる。悪霊であろうと、わたしよりも長く存在し続けている霊であろうと、その姿は、態度は、所詮ただの子供だ。ああ、やっぱりわたしが悪者だ。これは、あまりにも、酷い。

「だって」

今にもべそをかきそうな声を聞いたとき、わたしの目はその声の主の目をまっすぐに見続けることができなくなっていた。

「だって、おねえちゃん、あの人たちが仲良くしてると」

赤いスカートが揺れて、わたしたちの距離は子供の歩幅ぶん、遠ざかる。

「悲しそうだったのに」

はっとした。視線を上げると、既にお下げの少女は姿を消している。

悔しかった。

「わたしは、今」

立ち上がって、消えてしまった少女を捜す。彼女は波長を変えることによって、同じ霊であるわたしの目からも姿を隠すことができた。

「わたしは今、ね」

声を張り上げる。姿は見えずとも、言葉は届くはずだった。

「わたしは今、とっても――」

悲しいよ。

風がつめたい。

しばらくして、彼女さんを家まで送り届けてきたらしい彼氏さんの車が戻ってくると、わたしはごしごしと腕で顔を擦った。

酷い顔をしているのに、違いなかったから。

◆

窓を前にした席で、短髪にポロシャツの男が小さく片手を上げた。今までに数えるほどしか会ったことがなかったけれど、チヒロには、喫茶店に入るなりすぐにそれが約束の人物であると分かった。

「こんにちは。待ちましたか」

チヒロが向かいの席に着くと、男は飲みかけのグラス——アイスココアだろう——をわざとらしく見つめたまま、いや、とつぶやいた。細い目をした彼のそんな態度は、怒っているようにも、ふてくされているようにも見える。

「こんにちは。あの——」

「何か、頼みますか」

言葉を遮るようにして、男はメニュー表を差し出した。お冷を持ってきた店員にホットコーヒーを注文して、チヒロは再度口を開く。

「あの、モモイさん。今日はわざわざ」

「構わないですよ。人から頼られるっていうのは、嫌いじゃあないですし」

風に流されるように語尾を伸ばしてそう言い終わると、男は背中を丸めてストローをくわえ、チヒロのことを胡散臭そうに見上げながらちろちろとアイスココアを吸った。テーブルに置かれたままのグラスを支える右手が、いかにもふてぶてしい。けだるそうな彼の態度に、チヒロは不安を覚えた。

「モモイハルヒコさん、ですよね」

フルネームを確認する。桃井晴彦。恋人の友人という、チヒロにとってはそれ以上でも以下でもない、他人の一言で片づいてしまうほどの人物ではある。

「そうですよ。何を今更。初対面じゃあないでしょう」

それでも顔見知りであることに間違いはなく、チヒロは彼の人間性について最低限は把握しているつもりでいた。以前に少しだけ話したことのあるモモイという男は、せっかちではあるけれどはきはきとした物言いの、嫌味ではない程度に小憎たらしい青年であったはずだ。それが、

「なんか、前と雰囲気違いませんか」

今、目の前にいる男は人の神経を逆なでするような、だらだらとして嫌悪感を抱か

せる人物である。

以前に会った彼がこんな人物だったのならば、チヒロはこうしてわざわざ約束をしてまで直接会おうとは思わなかったはずだ。

「そりゃあね、気心の知れたやつと話しているときと、そうじゃないときとを比べれば多少は違いますよ」

「それにしたって」

態度が悪いんじゃないですか。言いかけた言葉を嚥下しながら、チヒロは一気に水位を下げていくココアのグラスを睨みつける。モモイはココアを飲み終えると、今度は肘をついてストローをつまみ、残った氷をじゃりじゃりと突いた。

「あのね、チヒロさん。おれは、乗り気じゃあないんですよ」

店員がコーヒーを持ってきたのでモモイは姿勢を正し、続く言葉の代わりに「ミルクティー、アイスでお願いします」と張りのある声で言った。氷の残ったグラスは回収され、チヒロとモモイの間には湯気をたてるコーヒーカップのみが残る。

追加注文をすることに乗り気ではない。そんな意味でないことは百も承知だったのだけれど、そう思わずにはいられないほどに、チヒロは彼の言葉に失望していた。

「じゃあ、なんで断らなかったんですか」

「言葉を返すようですけどね、どうしておれなんかに相談を持ちかけるんです」

チヒロがカップに手を伸ばしかけると、モモイは返答を待つ気もなかった、という様子で喋りだす。

「友達の彼女、彼氏の友達。おれとチヒロさんとの間柄って、それだけの、ほとんど赤の他人ですよ。知り合いっていったって、あいつを間に挟んで挨拶をしたことがあるっていう程度でしょう。そんな間柄の野郎をわざわざ呼び出してまで、あいつについて相談をしたいことがあるっていうんだから、そりゃあ無下にはできませんよ」

カップの取っ手に向かっていたはずの指先は、モモイがべらべらと言葉を並べているうちに、いつの間にか前髪をいじっていた。突如として饒舌になったモモイの姿は、チヒロの記憶の中にある彼の姿と既に一致している。育ちつつあったはずの苛立ちが、コーヒーの香りに掻《か》き乱されていった。

「彼氏の友達にじゃないと、相談できないことなんですよね」

モモイが親指で顎を掻きながらまっすぐに視線を送っている。チヒロはなんだか気まずくなって、髪をいじっていた指先を再度コーヒーカップに伸ばすとコーヒーをする真似をした。運ばれてきたばかりのコーヒーは、まだ熱い。

猫舌がばれていやしないかとモモイの様子を見ると、視線はまだしっかりとこちらに注がれている。

「乗り気じゃないっていうのは」

口から離したコーヒーカップをソーサーに戻す。減っていないコーヒーが黒い水面を危なっかしく波打たせた。カップの熱さに耐えかねて、急いで手を離したせいだった。

「それなんですがね、矛盾しているようだけど、友達の恋人からの相談だからなんですよ」

チヒロは「はあ」とだけ答えて、既に「乗り気じゃない」という言葉が不似合いになりつつあるモモイと、波の静まった分厚くて野暮ったいコーヒーカップとを交互に見比べる。

「まず、こうして密会みたいなことをしているっていうのが気まずいですよ。これぐらいでどうのこうの言うやつじゃあないとは思うんですがね、だけどやっぱり、あいつが知ったらいい気分じゃあないだろう、ってね」

コーヒーが揺れる。モモイがテーブルに腕を載せ、前のめりになっていた。

「おれがあなたと友達だったのならまだしも、あいにくと親しくもなんともない。あいつが間に入って、はじめて知り合いだって言えるような間柄だ。その二人が……それも、自分と近しい二人がですよ、自分の与り知らないところで密会しているとなれば、そりゃあ思うところがあるでしょうよ。何もやましいことがなくたって、おれは後ろめたいね。それに」

チヒロは自分の相談事を切り出すタイミングはおろか、モモイの矢継ぎ早な言葉の羅列に、相槌を打つ機会さえ失ってしまっていた。

「それに、相談を聞くっていったって、おれとしては、余程のことがない限りチヒロさんよりもあいつの側につくことになりますからね、滅多なことは言えない。かといって、他でもないおれに白羽の矢が立った相談ですからね、無責任な態度もとれない」

ようやく注文の品が運ばれ、モモイは嬉々として別容器に用意されたミルクとガムシロップをグラスに注いだ。モモイの独白に一区切りがついたからなのか、モモイの意識が飲み物に向けられたからなのか、ようやく卓上には落ち着いた空気が戻ってくる。

モモイがストローを使いグラスの中を攪拌するのを見て、チヒロは口を開いた。待ちわびた瞬間だった。

「その、つまり」

コーヒーカップの取っ手に触れる。モモイの独白は時間の流れを時計の針の動きよりも長く感じさせてはいたけれど、指先に伝わる熱は、まだ猫舌のチヒロがそれを口に運ぶには早いことを示していた。

「相談、しないほうがよかったですか」

「いや、不快にさせたんだったら、すみませんね。立場として苦しいっていうだけですよ。乗り気じゃないとは言いましたけど、本当に嫌だったら、ここへ来る前に断っています」

モモイがミルクティーを吸うのを見て、チヒロはカップから手を放し、水入りのグラスを持ち上げた。グラスから滴った水滴がドーナツ状の水溜りを作っている。

「なんていいますかね、正直な話、おれ、態度悪いでしょ。乗り気じゃないとかそういうのは、まあ、事実なんですけど、その言い訳っていうことにしておいてくれれば結構です。それで、あいつがどうかしましたか」

あくまでも自分のペースで会話を進めていきたいらしい。こういった態度が、彼のことをせっかちで小憎たらしい人物にしているのだろう。チヒロは冷水で喉を潤しながら、いやに機嫌のよさそうなモモイの顔を視界に入れて、壁の落書きでも見ているような気持ちになった。

不快というほどではないにしろ、進んで恋人の友達という間柄よりも近しくなりたい人物でもないな、と、チヒロは心の中でつぶやく。その反面、以前に抱いていた印象と同じで、悪い人間ではないとも感じていた。

「最近、様子がおかしいんです」

そう切り出したチヒロがグラスを置くと、モモイは「ほう」と興味深そうに息を漏らしてからストローに口をつけ、そのままの状態で「どんなふうに」と続けた。

「モモイさんって、オバケ、信じますか」

ぽかんと口を開いたモモイの前で、支えを失ったストローがくるりと動く。

「ごめんなさい。変なことを言ってるっていうのは、分かってるんだけど」

「オバケって、これですか」

ワンテンポ遅れて、モモイはグラスから手を放し両腕を少しだけ前に突き出すと、手首をだらりと曲げて幽霊を示すポーズをとってみせた。長い指先を持つ、ごつごつとした印象の大きな手だった。

「はい。まあ、たぶん」

「もしかして、あれですか。車の中に幽霊が出たっていう話」

曖昧なチヒロの返事にかぶせるようにして興奮気味に言いながら、うらめしや、のポーズのままテーブルに肘をつき身を乗り出すモモイ。チヒロが反射的に顔を引くと、モモイは口を尖らせながらすごすごと身体を後退させた。

「知ってるんですか」

「はい、あいつから聞きました。相談っていうか、愚痴でしたけどね。一人で逃げ出したっていう、あれでしょう」

チヒロが頷くとモモイはにやりと笑って、

「それはチヒロさん、言っちゃあ悪いけど様子がおかしいっていうことはないですよ。あいつは臆病ですからね。確かに、恋人を置いてけぼりにするだなんて最低な野郎だって言われても仕方のないことではあるけどね、付き合いの長いおれからしてみれば、なんともまあ、あいつらしい失敗だ」

幽霊のポーズをとっていた手をひらひらと動かしながら、お得意の長台詞を口にした。身振り手振りを交えて話をしているのだろう、とチヒロは思ったのだけれども、その手の動きがいったい何を表しているのか、砂粒ほども汲み取ることができなかった。

「それは、わたしもそう思います。すごく怖がりですよね」

「チヒロさんにもそう言われちゃうとはねえ。あいつ、悲しみますよ」

「問題なのは、その後のことなんです」

へらへらと笑うモモイを尻目に、チヒロは会話を前進させる。好き勝手に喋らせると、また彼の独壇場になってしまう。チヒロの中には、そんな不安があった。

笑顔を収めて次の言葉を待つモモイの前で、チヒロは二口目の冷水を喉に通した。ほんの数秒ではあるけれど、この喫茶店に入ってからはじめて訪れる、穏やかな時間だった。

「この間、彼、何事もなかったみたいにわたしを車に乗せて、そのオバケが出たのと同じ場所に連れていったんですよね」

「へえ、そりゃあ」

　初耳だ、と言いながら、モモイはストローをくわえる。

「連れていったっていっても、その場所を通ったっていうだけなんですけどね。そしたら」

「また出た、とか」

「はい」

「はは、本当ですか」

　モモイは苦々しい顔で、いかにも甘そうなミルクティーを飲んだ。喉仏が上下すると、顔の苦みは更に増したようだった。

「それで、また逃げましたか」

「いいえ。むしろ大声で何かを言って、追い払おうとしたみたいで……まあ、結局は悲鳴を上げちゃって、その日はそのまま車で走り抜けて助かったんですけど」

「大進歩じゃないですか」

　茶化すような響きを持ったモモイの言葉に、無言でもって応える。カップの取っ手に触れ、多少は飲み易い温度になっていることを期待して口に運んでみると、コーヒーはチヒロが思っていたよりも随分と冷めてしまっていた。

カップの容量を半分にまで減らし、ソーサーに戻す。

「その二日後に、わたし、また同じ場所に連れていかれたんですよね」

ストローが、ずるずると子供じみた音で鳴いた。ミルクティーを飲み干したモモイは、何やら難しそうな顔をしている。ストローは沈黙してからも、モモイの口にくわえられたままだった。

「やっぱりっていう表現もおかしいですけど、やっぱり、オバケは出て――」

「霊も出ずっぱりですね。それで、あいつは」

「今度は、悲鳴も上げずにオバケを怒鳴りつけて、追い払ってくれました」

モモイのグラスの中でストローが動き、氷が涼しげな音を鳴らした。

「友達として、これ、どう思います？　おかしく、ありませんか」

「チヒロさんは、おかしいと思ったんですよね」

一旦頬杖をついてそう尋ね返した後、モモイは椅子にもたれかかるようにして座り直し、テーブルの上の何かを眺めながら腕組みをした。コースターの上に取り残されたグラスが、寂しそうにストローを項垂れている。

「今思うと……ううん、あのときもそう感じたんですけど、彼がわたしを二度もあの場所に連れていったのは、オバケを追い払って汚名返上、なんていう思惑があったんじゃないかって、そんな気がするんですよね。むしろ、そうなんじゃないか、としか思えなくて」

　今度はチヒロがテーブルに肘をつき、テーブルに視線を落とした。コーヒーの黒い水面が、肘をついた際の振動で淡く波紋を浮かべている。

「だけど、そう考えるとおかしいな、って。わたしの知ってる限り、そんなことをするような人じゃないのに」

「確かに、あいつらしくないですね」

　モモイの同意を得た後、チヒロは二口目のコーヒーを飲み込んだ。量の減ったコーヒーは更に冷めてしまっており、猫舌を自覚するチヒロにとっては飲み易くもあり、同時に物足りなくもある。自身の嗜好に合う絶妙な温度のホットドリンクになかなか出会うことができないというのが、彼女の内に秘めたる不幸自慢のうちの一つであった。

　チヒロがコーヒーカップをソーサーに戻すと、それを待っていたかのようなタイミングでモモイが口を開く。

「本当に汚名返上のためだっていうのなら、それはあいつにしちゃあ浅はかだ。いくら勇気をつけたところを見せたいからって、霊の出る場所に女性を何度も連れていくほど無神経なやつじゃあない、と、おれは思っているんですが。それで、チヒロさん」

　モモイは氷だけになったグラスを持ち上げると、うつむきがちなストローをくわえてずるずると音を鳴らした。氷が溶けて水になったものを飲んでいるらしかった。

「霊が出てきて、あいつの様子がおかしくなった。つまり……心配しているのは、そういうこと、ですよね」

チヒロがこくりと頷き、モモイはグラスを置いた。

Channel 4

「幽霊さん、僕にとり憑いたりなんかしていませんよね」

彼氏さんが自動販売機の前でそうつぶやいたのを聞いて、わたしは彼のもとへ慌てて駆け寄った。

真後ろに立っても、彼はわたしの存在に気づいていない。わたしにとって聞き捨てのならないその言葉は、どうやら独り言であるらしかった。

二度目の泣いた赤鬼作戦の結果報告以来、これが最初に見る彼氏さんの姿だった。

悪霊の少女の乱入で作戦が失敗した後、泣いた赤鬼作戦は、わたしの提案でその日取りだけを改めて再決行された。考えられる限り最も単純でその上効果的な作戦は、たった一度のミスで捨ててしまうのにはもったいない。それがわたしと彼氏さんとの共通認識ではあったものの、今思えば、それは二人の力になりたいというわたしのエゴが暴走した結果でもあったのだろう。

決行当日、あの子は来なかった。

だから、二度目の泣いた赤鬼作戦は一度目と同じく手筈どおりに、一度目とは違ってなんのトラブルもなく遂行された。それだけじゃない。わたしと彼氏さんとの連携は、一度目とは比べものにならないほどにうまくいっていたように思う。

結果として、作戦は大成功だった。

誰が予想しただろう。二人の関係が、これまで以上に悪化してしまうだなんて。

どうして何度も幽霊が出るところに連れてくるの。

はっきりと耳に残っている。呆れたような、悲しむような声だった。二度目の作戦を決行した後に、彼女さんがぽつりとつぶやいた言葉だった。

その後、ドアも開けずに車から抜け出したわたしは、気まずい空気を乗せたまま彼女さんを自宅へ送り届けに行く車を見送ると、落胆するよりも早く膝をつき、思い出したようにやって来た後悔の念に打ちひしがれた。

どれだけの時間が経って、彼氏さんが戻ってきたのかはよく分からない。彼氏さんが分かり切った結果を報告するために再びわたしの前に現れたのは夜だったのだけれど、たとえその間に何十回と夜が明けていたのだとしても、わたしからはそれを認識していられるほどの気力すらも失われていた。

ごめんなさい、と言ったはずだ。確か、それがわたしの第一声。頭を下げることが、ひたすらに謝ることが、わたしに許された彼氏さんへの数少ない干渉方法だったから。

彼氏さんは、そんなわたしを気遣ってくれた。消沈しながらも、嘆くことも怒ることもせず、いいんですよ、と温かく声をかけてくれた。なぐさめられているという事実に涙が出そうになって、彼の優しさに声が潤みそうになって、そんな優しい人を傷つけてしまった自分が、憎らしくてたまらなくなった。

顔を上げると、疲れ切った様子の彼氏さんがわたしのことを憐れむように見ていたような気がする。彼の顔を直視することができていなかったせいで、本当にそうだったのかは自信がない。

わたしは目も合わせないままに、一人で後悔をし、悩みぬいて出した結論を口にした。もう会わないほうがいいですよね、という提案だった。わたしが関わったばかりに状況が悪化してしまったのだという事実を重く見るならば、それ以上下手に力添えをしようとするよりは賢明な判断であるはずだった。

それが、二日前のこと。あれから太陽が二回昇り、星空が二度回った。今は、星空が三周目の半ばに差しかかろうとしている。

「幽霊さんって、もしかしてわたしのことですか」

背後から声をかけられて、それなりに広いながらも頼り甲斐は薄そうな背中がびくりと震えた。それが幽霊という存在に対する恐怖感によるものなのか、単に突然声をかけられたことに対する驚きによるものなのかは分からない。

幽霊さん。はじめて耳にする言葉ではあったけれど、きっとそれはわたしのことだろう。彼が幽霊さんと呼ぶべき対象が、わたしの他にいるとは考えにくい。

「いたんですか」

若干の硬さを持った声。どういうわけか、彼氏さんは振り向きもせず、自動販売機と向き合ったままだった。自動販売機の表示を見ると、どうやら料金が投入された直後であるらしい。何を購入するべきか悩んでいる最中なのだろう。

「いますよ、そりゃあ。会う約束をしたのはあなたじゃないですか」

機嫌が悪いんですよ、という声音で呼びかける。彼氏さんにこんな態度で話しかけられる日が来るだなんて、果たして二日前のわたしに想像できただろうか。

もう会わないほうがいい。わたしが身を引き裂く思いで出した提案を、あの夜、彼氏さんはどういうわけか慌てた様子で拒絶した。

「そんなのは、嫌ですよ」

慌てる様子が印象的だった。まさかそんな反応をされるとは思ってもみなかったので、わたしは驚くよりも先に、なんだかとても焦ってしまった。

「そんな顔をされてさようならだなんて、僕の気分がよくないですよ」

彼氏さんの必死の訴えは、そう続いた。そんな顔、と言われるからには、わたしの顔は他者に心配されるほど悲壮感に溢れたものだったのだろう。

気遣われているのは明白だった。不器用に、それでも実直に、わたしのことを励まそうとしてくれている。

その上で、彼は言った。「またこうして話し相手になってください」と。だからわたしは決めたのだ。

彼氏さんに心配をされないような、わたしでいよう。卑屈で悲観的な思考は封印して、心からの笑顔で彼氏さんと向き合おう。都合のいい解釈かもしれないけれど、それがわたしの、せめてもの罪滅ぼしなのだ。

だからこそ、とり憑いたりなんかしていませんよね、という発言を無視するわけにはいかない。いったいどんな真意があって、そんな疑いをわたしに向けているのだろう。

「ああ、そうですよね。あの、こんばんは」

「はい、こんばんは。何か買うんでしょ。早く選んで、こっち向いてくださいよ」

わたしは憮然として挨拶を返すと、依然として背中を向けたままの彼氏さんに催促をした。彼氏さんはわたしの言葉には応えず、代わりに自動販売機の前で人差し指をふらふらと泳がせている。

「もう、迷ってるならわたしが選びますよ」

じれったくなって、わたしは彼の代わりに商品ボタンを押していた。受け取り口で容器の落ちる音がする。深く考えずに押したボタンの上には、コーンスープを示す温かい絵柄のサンプルが展示されている。彼氏さんは、ああ、と間の抜けた声を発しながら、ようやくこちらを振り向いた。

とり憑かれているのではないかと悩んでいた割には、深刻さが微塵も感じられない、むしろ気の抜けた顔の彼氏さん。ハルヒコさんと一緒にいるときに見せていたものと同質の表情に、膨らみかけていたわたしの不信感は一気に縮んでいった。

「ポルターガイストです。諦めてください」

だからこそ言えた、渾身のジョーク。彼氏さんはそれがジョークだとは気づいていないのか、ぽかんとした表情のまま。

「そんなことはどうでもいいんです。幽霊さんってわたしのことですよね」

なんだか恥ずかしくなって、慌てて話題の軌道修正。先ほどの独り言は、あまり悲観的に捉えるべきものではないのだと薄々察してはいたものの、やっぱり真意の確認はしておきたい。

「まだ名前知りませんし、幽霊って呼び捨てにしたら悪いかな、と思って」

「じゃあ、やっぱりわたしのことなんですね」

幽霊さん。さほど重要ではない話題であるはずなのに、わたしはその言葉を胸の中で改めて意識し、どきりとする。

「気に入りませんでしたか」

彼氏さんの、照れくさそうな顔。

彼氏さんがわたしのことを幽霊さんと呼んだのは、わたしが彼氏さんのことを勝手に彼氏さんと呼んでいるのと同じだ。これは、気に入らないどころか、ちょっとだけ嬉しいことですらある。きっとわたしだって、うっかり彼氏さんのことを「彼氏さん」だなんて呼ぼうものならば、今の彼と同じ表情になってしまうだろう。

「いいですよ別に。幽霊さんでいいです。うん、しっくりくるからそれでいいです。幽霊さんって呼んでください」

だから、早口に、芝居がかった身振りを併《あわ》せてそう言ったのは、照れ隠し。わたしにとっての彼氏さんと、彼氏さんにとってのわたしが同じぐらいの距離にいる。考えすぎなのかもしれないけれど、そう思い始めると、小さな喜びたちが憮然とした表情の器から飛び出してしまいそうだった。

「そんなことも今はどうだっていいんです」

機嫌の悪そうな声を出すと、憮然とした表情はなんとか持ちこたえてくれた。彼氏さんの失礼な一言に対して問いただしている最中だというのに、緩んだ顔を見せてしまっては格好がつかない。

「あの、僕が何かしましたか？」

「それはこっちのセリフですよ。わたしが何かしましたか？」

きょとんとする彼氏さんに対して、やっぱりわたしは怒っているような態度で言い返す。

「わたしはなんにもしてませんよ。それなのにとり憑いてるだなんて、失礼もいいとこです」

「あ、ああ、そのことですか」

「はい、そのことです」

まさに、忘れていた、という感じの反応。怒っているふりをする気さえ失せてしまって、わたしは脱力しながら腰に手を当てた。

「まったく、どうしてとり憑かれてるだなんて思うんですか」

目的の質問へ行き着くまでに、随分と回り道をしてしまったような気がする。だけど、回り道をしたからこそ、こうして彼氏さんの返答を安心して待つことができる。

彼氏さんはためらうように視線を宙に泳がせた後、わたしの顔を申し訳なさそうに見つめながら、

「特にこれといった理由は、ないんですよ」

と言って再び視線を泳がせた。あまりに間の抜けた返答に、わたしは自分の表情が怪訝なものになっていくのを感じた。

彼氏さんの言葉をそのまま受け取るのならば、特にこれといった理由もない言葉に、わたしは踊らされていたということになる。この間の幽霊退治といい、彼はわたしの気持ちを振り回してばかりだ。

「しいて言うなら、悪い幽霊じゃありませんよねっていう意味です」

わたしのやりきれない気持ちを察したのだろうか、彼氏さんは取ってつけたように言い放った。向けられているのは、反応をうかがうような中途半端な笑顔。

「ひどいなぁ。わたしのこと、そんなふうに思ってたんですか」

拗ねた態度をとってみせたのは、彼氏さんの表情に悪戯心をくすぐられたからなのだろう。そうでなくても、今更になって「悪い幽霊じゃありませんよね」だなんていう確認をされなければならないことに、わたしは少しだけむっとしてしまっていた。直前の自分の言葉を借りるなら、「失礼もいいとこ」だ。

腕組みをし、つん、と視線を逸《そ》らしてみせると、彼氏さんは「やってしまった」と言わんばかりの酸っぱそうな顔をした。ささやかな仕返しが成功したような気がして、思わず笑顔が出そうになる。

「思ってたらこうして何度も会おうとは思いませんよ。ただ、幽霊とこうやっていい関係でいられるっていうことが、なんだか不思議で」

言ってしまってから、彼氏さんははっとしたようだった。それは、この雰囲気から考えれば場違いなほどに甘く、照れくさい言葉。

「あ、わたしたち、いい関係ですか」

それまでの拗ねた態度も忘れて、わたしはあまりのくすぐったさに表情を緩めていた。いい関係。言葉として意識をしてみれば、わたしはその、いい関係というものに憧れていたような気になってくる。

彼氏さんがハルヒコさんと一緒に幽霊退治をしにきたときも、はじめて彼氏さんに声をかけたときも、もしかすると――二度目の泣いた赤鬼作戦を提案したときも。いろいろなことを考えて、いろいろな目的があって、それでもすべての行為、思考の根底には、いい関係を築きたいという願望がいつも働いていたような気がする。

いつも観ていた恋愛ドラマの主人公と、笑顔で話がしてみたい。夢見がちで、純粋で、ささやかな下心。叶うのならば嬉しいけれど、叶わなくても仕方のない、小さな小さな願望。

そんな世界が、空間が、気づけば目の前に広がっている。下唇に力を入れて照れくささそうにしている彼氏さんと、小さくてかけがえのない喜びに包まれているわたし。

「考えてみれば、いい関係ですよね。もうわたしたちって、えっと、あの……」

それは恋人のような、だなんていう大それたものではなくて、それでも、調子に乗ったことを言うのならばハルヒコさんと同じような、そんな立場。

「あの」

「どうかしましたか」

言いよどむわたしの顔を覗き込むようにして、彼氏さんはほんの少しだけ首を曲げた。これ以上近づくのは恐れ多い、かといって離れてしまうのは恐ろしい、いい関係という距離感。

「変な意味はないので、あんまり深く考えないでくださいね」

嫌われたくないがために予防線を張ってしまうのは、わたしが臆病者だという証だろう。自動販売機の明かりへ逃げてしまいがちになる視線を奮い立たせ、次の言葉を待ってくれている彼氏さんの双眸をしっかりと捉えた。こんなことにすら勇気が必要になるほどに、いい関係という言葉は、少なくともわたしにとっては繊細なものなのだろう。

「友達みたいな関係ですよねって言ったら、嫌ですか?」

「どうして」

質問というよりも、わたしが話すのを促しているような言い方だった。

どうして嫌がられると思っているのか、そんなことは自分でも分からない。いくらでも理由はあるはずなのに、はっきりと言葉に表せそうなものが何一つとして見当たらない。内にある不安要素を説明しようにもいい表現が見当たらなくて、わたしは結局口ごもってしまう。

彼氏さんの目を、じっと見つめる。そこに答えがあるわけでもないのに、わたしはうらめしい気持ちになりながら、優しげな瞳の中を泳ぎ回るようにして言葉を探した。睨みつけていると思われているのかもしれなくて、だけどわたしは探索を止めることができなかった。

「幽霊の友達だなんて」

とりあえず口を開いたのは、言葉もなしに見つめ合うような格好になってしまっていたことが気まずく思えたから。すると、自分で口にした幽霊という単語に引っ張られるようにして、いったいどこに隠れていたのだろうか、それらしい言葉がぽっかりと頭を出した。

「死んだ人……みたいに聞こえませんか」

わたしにとっては論点のずれた理由だったのだけれども、自分でも驚いたことに、彼氏さんがわたしに友達と呼ばれることを嫌がる理由の具体例としては、これ以上ないほどにそれらしいものだった。

「僕が、ですか」

彼氏さんは、きょとんとしてわたしのことを見下ろしている。今更のようにして気づいたのは、彼氏さんがわたしよりも長身だということと、わたしが彼氏さんの顔を見るときには、見上げているかあるいは上目遣いになっていた、ということだ。

自動販売機の逆光の中で、彼氏さんは淡く優しげな笑顔を浮かべている。彼氏さんの影になる位置に立っているわたしの顔は、彼から見ると、いったいどんなものに映っているのだろう。

気がつくと優しげな笑顔は可笑しそうに膨張していき、見上げている間にくすりと控えめに吹き出した。

「それは心配しすぎですよ」

意図せず笑顔になってしまうのは、彼氏さんの物言いがあまりにも気楽そうだったから。

「ぜんぜん、そんな連想はしませんよ」

言葉の意味を理解するのよりも早く、わたしは体の奥が震えるほどに安心した。彼氏さんが笑ってくれているということがなんだか嬉しくて、今にもアスファルトの上を駆け回ってしまいそうだった。

「だったらいいんです。じゃあ、仕切り直しましょう」

うまく呂律が回らないせいで、その言葉をきちんと言えていたのかどうかさえ定かではない。わたしは浮き立つ足を持て余しながらも彼氏さんに背を向け、気を抜けばでれでれとにやけてしまいそうな顔にぎゅっと力を入れて表情をリセットさせると、いかにも平静を装っています、と言わんばかりの大げさな動きで向き直った。

「もう、わたしたちって、友達みたいなものですよね」

言いながらも、平静の仮面が剥がれてしまいそう。声が大きくなったのは照れ隠しのつもりだったのだけれども、元気よく張り上げた声は羞恥心を煽り、わたしのことを赤面させた。

そんなことですら楽しく感じてしまうのは、彼氏さんがわたしの言葉を笑顔で受け入れてくれているから。


こうして、わたしは幽霊さんになった。

彼氏さんはわたしの名前を知りたそうにもしていたけれど、わたしは幽霊さんと呼んでください、と頼んだ。

彼氏さんの友達の、幽霊さん。わたしは、その響きがとても気に入ってしまっていたのだ。彼氏さんには、これからもずっと幽霊さんと呼ばれていたい。まるでそれがいい関係という距離感をそのまま言い表しているような気がして、なんだか居心地がよかったのである。

じゃあ、また会いましょう。別れ際にそう言ったのは、さてどちらだったのだろう。温かい飲み物を注ぎ合うような会話の中で、わたしたちはどちらからということもなく、近いうちにまた会うための約束をしたのだった。

彼氏さんが去った後、わたしは舞台上の役者のごとく大ぶりな動きで、干したばかりの布団にうずもれるようにして自動販売機にもたれかかった。これほど充実した気持ちになるのは、いったいいつ以来だろうか。

右手にしっかりと掴んだ空き缶を眼前に持ってきて、わたしは一人、口角を上げた。コーンスープの入っていたものだ。勝手に選んでしまったことを気にするわたしに、僕だけ飲むのは悪い、という理由で彼氏さんが勧めたものだった。

本音では、欲しかったものと違うために飲む気が起きなかっただけなのだろうと思う。それなのに、彼氏さんはわたしがスープを飲み終わると、今度は自らコーンスープを買って、それをちびちびと飲み始めた。それが、彼なりの優しさだったのだろう。

空き缶は既に冷め切っていたけれど、そこにあった温かさは、わたしの中で冷めずに残っている。ありがとう、と心の中で唱えると、自動販売機の脇に移動して、そっとごみ箱に捨てた。

空き缶どうしのぶつかる音が短く響き、真夜中の一本道は、それきり深い海のように黙りこくった。風もなく、肌に触れる空気は波打つこともなく停滞している。

あれから——わたしが怒っていると言ってしまってから、悪霊の少女は一度も姿を見せていなかった。

いつでもべたべたとくっついていたというわけでも、毎日のように言葉を交わしていたというわけでもない。ふと気づけば彼女は隣にいて、わたしは奔放な彼女のことをいつも気にかけているという、わたしたちの関係はそんな、干渉の少ないものだった。息苦しさのない関係は、よくも悪くもお互いのことを空気のような存在に思わせていたのだろう。

少なくともわたしにとってはそういうものだったのだと、今になって実感する。彼氏さんの帰ってしまった今、寂しげなこの場所には、本当に何もない。ぽつりと立ち尽くしているわたしがいて、それだけだ。

わたしがこの場所に留まる幽霊になったのは、いったいどれぐらい前のことになるのだろうか。はっきりとは分からないけれど、この場所には先客がいて、だからわたしは幽霊になってから一度として一人ぼっちになることがなかった。

わたしは大丈夫。彼氏さんのおかげで、今はまだ、心の中がほかほかと温かいから。次に彼に会えば、わたしのいる世界は更に温かいものになるのだろうから。

都合のいい話なのだろうけれど、これまでのわたしには余裕がなかったのだ。今ならきっと、あの子にもほんの少しは温かさを分けてあげられる。

それなのに、あの子は姿を見せてくれない。

気持ちに余裕のあるときにだけ顔が見たくなる、とても自分勝手なわたし。それでも、この場所で孤独を実感すると、彼女のことが気になってしまう。

今、どんな顔をしているのだろう。

それさえも、分からない。

それだけでいいから、知りたい。

突然、強いライトの明かりに照らされたので、目を細めながらその光源を確認する。エンジン音を轟かせながら一本道を走り抜けていくそれは、上に乗せたランタンから判断するに、どうやらタクシーであるらしい。

タクシーとしては珍しい、ころんとした白い車体。最近、この場所をよく通るようになったものだ。見た目の印象が強いせいで、彼氏さんの車ほど思い入れがなくとも、見かけるたびにそれと分かる。

タクシーは停滞する空気をかき乱すこともなく去っていき、わたしは彼氏さんが再びこの道を通りかかるまでの間、一人で自動販売機の周りを海藻のように漂っていた。

彼氏さんが軽く手を振って車に乗り込む姿を、わたしは自動販売機の前で微笑みながら見送った。

「じゃあ、おやすみなさい」

彼氏さんとの他愛のない夜話は、今夜で既に十回を超えている。最近のわたしたちの間には、既に、次に会うための約束すらも必要がなくなっていた。

今夜の語らいはわたしの好きな色についての話題と、彼氏さんの仕事についての愚痴に終始した。もう何年も生者と口をきいてこなかったわたしにとって、こうした実りの少ないやりとりを毎回のように繰り返すことはあまりに楽しく、寂しげなこの場所を幸せな空気で満たすためには十分すぎるものだった。

幸せそうな恋人たちを眺めていただけの頃には考えもつかなかったであろう、素晴らしい日々。お裾分けされるだけの幸せでは、とても追いつくことのできない幸福感。

だけど、気になることがないわけではなかった。

わたしは紛れもなく幸せなのだけれど、果たして彼氏さんのほうはどうなのだろうか、という心配事。それは、彼が本来彼女さんと過ごすべき時間をわたしのために犠牲にしてしまっているのではないかという、いわば負い目だ。

　彼氏さんに彼女さんのことを尋ねると、彼は決まって、頑張って関係を修復しようとしている最中です、というようなことを言うばかり。それはつまり、わたしの毎日が満たされていっている一方で、彼氏さんの恋愛事情は何も好転していないのだということだ。

　それでも彼氏さんは、少なくともわたしの前では楽しそうにしている。ここ最近のわたしは負い目を感じつつも、そんな彼の態度に甘えてしまっていた。

　それから、気になることはもう一つ。それは言うまでもなく、一向に姿を見せてくれない彼女、悪霊の女の子のことだ。わたしが以前にとった態度が原因で姿を隠しているのは明白であったし、だとすれば、姿の見えない彼女は、わたしの知らないところでずっといじけているのだということになる。

　とはいえそれは、わたしにはどうすることもできない心配事だ。いくら心を痛ませたところで彼女が姿を現してくれるというわけでもなく、彼女が自らわたしの前に現れてくれない限りは、慰めてあげることすらもできないのだから。

　だからわたしは彼女のことを心のどこかに引っかけておきながらも、気になる、という程度に止めてしまっているのだと思う。彼女について考えることに、わたしは消極的になっているようだった。

エンジン音が近づいてきたので、わたしは思案にふけるのを中断し、慌てて姿を消した。彼氏さんと関わることが多くなってから身体に実体を持たせる機会が格段に増えているせいで、つい、彼氏さんのいないときでも姿を消すのを忘れそうになる。

やってきたのは、見慣れたタクシーだった。白い車体はわたしの見ている前で速度を落とすと、すぐ目の前に停車した。

ドアが開き、中年と呼ばれるような時期もとっくに通り過ぎているのであろう運手さんが、緩慢な動きで自動販売機の前まで歩いてくる。白髪がちな、細い目の男性。車は何度も目にしていたけれど、運転手の姿を見るのはこれがはじめてだった。運転手さんは自動販売機に小銭を投入するとペットボトルの緑茶を買い、その場で何度もボトルを傾けて半分ほどを飲み干した。

キャップを閉めてから口をぬぐい、彼は細い目でどこか遠くを眺めている。彼氏さんの去っていった方向だった。

胸騒ぎがした。

大した理由はない。ただ、今夜このタクシーを見るのは、これが二度目だった。さっき、彼氏さんとの夜話を楽しんでいるところを、一度通過している。

わたしは、細い目の示す方向へ走りだしていた。

何があるのかは分からない。何もないのかもしれないし、そうでない可能性のほうが明らかに高い。それでも行ってみなくてはいけないような気がした。胸騒ぎなんていうものは、きっと総じてそういうものだ。

彼氏さんの車は、わたしの留まっている領域の先端、横断歩道の手前に停まっていた。車の近くには二つの人影があり、それはどうやら彼氏さんとハルヒコさんであるらしい。ぎりぎり話し声が聞こえてくる距離まで近寄ってみて、和気あいあいとした二人の様子にほっとする。

それも、つかの間だった。

話が終わったらしく、車に乗り込む彼氏さんと、それを見送るハルヒコさん。ハルヒコさんはこんなところに一人で置いていかれて大丈夫なのだろうか、と思った矢先、動き出したばかりの車が急ブレーキによって激しく揺れ、車を見送っていたはずのハルヒコさんの姿が消えていた。

慌てて駆け寄ると、車の前にハルヒコさんが倒れている。頭の中が真っ白になった。

「な、何やってるんだよ」

「ああ、いや、すまない。なんか、突然、くらっとしてさ」

窓を開けた彼氏さんが悲鳴でもあげるようにしてそう言うと、ハルヒコさんは起き上がって、不思議そうに頭を掻《か》いた。

よかった。車にぶつかったわけじゃないみたい。

わたしが胸をなで下ろした直後、彼氏さんは何かに気づいたらしく、泣き出しそうな顔になって、何も言わずに車を走らせ去っていった。

残されたのは、いまだアスファルトに座った状態でいるハルヒコさんと、その後ろで笑っている、

悪霊だった。

あの子に突き倒されたんだ。そこにあるのは、あまりにも簡単な答え。少女はわたしに見られていることに気づくと、目を真ん丸にして逃げだした。

ハルヒコさんを助け起こすべきか、悪霊の少女を追うべきか。逡巡の後に後者を選んだのは、頭に血が昇っていたからなんだと思う。

どこにいるの。何度も叫びながら、隠れる場所の少なさそうなアスファルトの上を駆け回った挙句、信号機の支柱にもたれかかって膝を抱えている少女を発見した。

既に空は白み始めていた。逃げ回っていたらしい彼女を発見するために一晩中呼びかけ続けていたわたしとしては、なんだかあっけない発見だった。

明け方の車道には、車の通りが復活しつつある。自動販売機の前に停まっていたタクシーとハルヒコさんは、わたしが悪霊を捜しているうちに姿を消していた。

「やっと見つけた」

呼びかけられて、少女は視線だけをこちらに向けた。ぎょろりとした大きな目は、

捜し回るうちに冷めかけていた怒りを蘇らせる。

「どうして、あんなことをしたの」

いつかの繰り返しのような質問。

「ハルヒコさん――あの人、死んじゃうかもしれなかったんだよ」

逸《そ》らされる視線。わたしは詰め寄った。

「ねえ、どうしてあんなことをしたの」

膝をついて正面から両肩を掴むと、小さな身体がびくりと震える。うらめしそうな視線を受けて、それでもわたしの中から怒りが消えることはなかった。

「わたし、今、幸せなのに。楽しいのに。あの人たちが、わたしは好きなの。大切なの」

言葉を発するごとに、少女の肩が揺れる。膝を抱えていた腕が、だらりと垂れ下がって地面をこすった。

それでも、うらめしそうなその表情はまるで石膏の像のように固まったままで、彼女の目は別世界の光景でも眺めているかのごとくわたしの顔に向けられている。

「それなのに、どうして傷つけようとするの。どうして邪魔しようとするの。どうして壊そうとするの」

言いたい言葉が滝のように溢れだしそうな、そんな気がしていた。でも、実際には、

「どうして……分かってくれないの」

それで、打ち止めだった。これ以上、無為に小さな肩を揺すり続けることがわたしにはできなかった。

少女はくたびれた人形のように項垂れている。肩から手を離すと小さな身体が倒れてしまいそうな気がして、わたしはそのままの状態から動くことを禁じられてしまった。

「ねえ」

動かない少女に、再度呼びかける。

「なんとか、言って」

「おねえちゃんは――」

自ら懇願したことだというのに、わたしは突然発せられた声にぎょっとした。

「あたしといても、楽しくないの？　あの人といるほうが、楽しいの？」

項垂れたまま呪わしげな声で喋る少女のことが、恐ろしかった。後ずさりながらそっと手を離すと、彼女はわたしの思っていたように倒れることはなく、大儀そうに再び膝を抱えた。

「だから今まで、捜しにきてくれなかったの？」

それきり彼女は何も言おうとはせず、わたしも、何も言い返すことができなかった。

彼女の言うことはもっともだ。わたしは姿を見せない彼女のことを心配しているつもりでいながら、実際には、自分の邪魔をしてばかりの面倒な存在がいないという状況に甘んじていたのかもしれない。

捜そうと思えば、こうして捜し回ることができたのに。わたしは今の今まで、呼びかけることすらしてこなかった。そのくせ、文句を言うため、叱るためにならば、何を置いてもこの子を捜そうとした。

わたしは、醜い。

いつもと同じように自動販売機の前で彼氏さんを出迎えたわたしは、彼があの夜の出来事について簡潔に語るのを、何も知らないというような態度で聞いていた。ハルヒコさんが突き倒される場面を見ていただなんて、とても言えなかった。

とはいえ、はじめて知る内容のほうが多かったのも事実だ。ハルヒコさんに、除霊作戦以来の様子がおかしいと指摘されたこと、何度も一人でこの場所に立ち寄っていることがばれていたこと、霊にとり憑かれているのではないかと疑われていること。

それでも彼氏さんがわたしの言葉を、とり憑いていないというわたしの主張を信じてくれているのだということ。

「ごめんなさい」

頭を下げたのは、あの子の行為がわたしの落ち度によるものだから。彼氏さんの話が終わるのと同時にそう言ったのは、正直に「見ていました」と言うわけにも、白々しく「そんなことがあったなんて」と言うわけにもいかなかったから。

「そんな、幽霊さんが謝る必要はないじゃないですか」

あたふたとした声に頭を上げると、困り果てた顔の彼氏さんと目が合う。

「いいえ。わたしがちゃんとあの子を見張ってれば、こんなことにはならなかったんです」

「友達は無事だったんですし、そんな顔をしないでくださいよ」

そんな顔。わたしは今、どんな顔をしているのだろう。ハルヒコさんが死んでしまったかのような、悲痛に満ちた顔でもしていたのだろうか。

わたしのほうこそ言ってあげたい。わたしに責任があるのは確かなんですから、そんな顔をしないでくださいよ。

「それに、幽霊さんがあの悪霊を見張る義務なんてないじゃないですか。だいたい、幽霊さんとあの少女の霊って、いったいどういう関係なんですか」

彼氏さんは困り果てた顔のまま、切羽詰まった様子でまくし立てる。取ってつけたような質問に、わたしははっとさせられた。

義務なんてない。言われてみれば、それは確かにそうなのだ。だからこそ、理由も言わずに彼女の行為を謝罪するわたしに、彼氏さんは困惑していたのだろう。なるほど、そんな顔にもなるはずだ。

「わたし、あの子の保護者みたいなものなんです」

わたしとあの子の関係。今までに考えたこともなかったけれど、保護者という単語は驚くほどすんなりと、それらしい顔をしてわたしの口を突いて出た。言ってみてから、わたしの立場を説明するのにこれほど適した言葉はない、と確信した。

「えっと、それは」

「あ、親子だとか、そういうのじゃ、ないですよ」

「そりゃあそうですよね。あんな子供がいるようには見えませんもん」

途端に彼氏さんの態度が和らいだ。理由も分からず謝られる、辛い状況から解放されたからなのだろう。

「お友達、あの子に背中を押されたって言いましたよね」

だから、

「わたしも、そのせいで車に轢かれて死んだんです」

この雰囲気のうちに、さらりと言ってしまいたかった。どうせ、あと一歩でも踏み込まれれば明かさざるを得ない事実であることに変わりはないのだから。

「そのせいでって」

「押されたんです、あの子に」

なんでもない話のように続ける。

「じゃあ、なんで……どうして」

見る間に彼氏さんの表情が歪んでいく。信じられない、という顔なのだろうか。目の前にいる幽霊の境遇に同情しているのだろうか。

わなわなと唇を震わせる彼を安心させたくて、わたしは笑顔を見せた。このお話は悲しいものなんかじゃあないんですよ、と言ってあげたかった。

「だから、わたしはここにいるんです。わたしみたいに死んじゃう人が出ないように、わたしはここに、あの子と一緒にいるんです。だから、あの子が悪いことをしようとしたなら、わたしが止めにいかないと」

だから、ハルヒコさんが危険な目に遭ったのは、わたしのせい。

暗い話題になるのは覚悟の上だった。空気が和らいだうちに伝えきろうとしたのは、沈みがちな気持ちと中和するため。今、笑顔で彼氏さんを見上げているのは、すぐに明るい雰囲気に戻すことができるように。

それなのに、

「そんな。幽霊さんがそんなことしなくても……悪いのは全部、あの悪霊だ」

彼氏さんの反応は、わたしの考えていたものとは少し違っていた。

諭すようにそう言った彼氏さんは、沈み込むどころかなぜか興奮気味で、

「ああ、そうだ。思いつきましたよ。あの悪霊を退治できる人を、探してきますよ。それですべて解決だ」

暗い雰囲気を覚悟していたわたしの予想を裏切るかのように、その声には喜びのようなものすら含まれていた。

はじめて見る彼のそんな表情は、それこそ何かに憑かれているかのよう。空恐ろしさを感じている自分に気づき、わたしは思わず泣きだしてしまいそうになった。

「そんなこと、やめてください」

かろうじて、笑顔を崩さずに言うことができたのだと思う。語気を強めてみせたのは、彼のことを少しでも恐ろしく感じてしまった自分の気持ちを隠したかったから。

「あの子は、ただ、寂しかっただけなんです」

「だけど」

彼氏さんは下を向き、辛そうに反論の言葉を絞り出した。だけど、に続く言葉を待っていたわたしは、悔しげな彼の視線を感じ、それが最後の足掻きであったことを知った。

ああ、今日のわたしは、彼氏さんを困らせてばかりだ。

「あなたと彼女さんの邪魔をしたのも、わたしを車道に突き出したのも……きっと、あの子、寂しかっただけなんです」

今の彼氏さんには、この言葉が容赦のない攻撃に感じられただろう。わたしは自分を殺した相手のことを庇う、生者にしてみれば価値観の狂った存在なのだろう。

「だから、わたし、あの子のことを守ってあげたいんです」

声が小さくなっていくのを感じた。

彼氏さんにとってあの子は自分の恋路を邪魔し、友人を危険に晒し、事もあろうにわたしを殺した張本人である、酌量の余地のない完璧な悪役であるのに違いない。退治しようと思うのは当然で、彼は何もおかしなことは言っていない。

そんな完璧な悪役のことを、わたしは守ってあげたいと言ってしまったのだ。理解不能なこの幽霊のことを、彼氏さんは果たしてどう思うだろう。

薄気味悪く、思うのだろうか。

悪霊退治を提案する彼氏さんを、わたしが空恐ろしく感じたように。

いい関係ですよね。皮肉にも、いつかの言葉が蘇る。短い間、わたしに幸せを感じさせてくれていた幻想。他愛のない会話しかしてこなかったからこそ形を保っていた、薄っぺらくて脆い関係。

「ごめんなさい」

言葉を失いうつむいたままの彼氏さんに、わたしは今夜二度目の謝罪をした。

ごめんなさい。いい関係を、続けられなくて。

ごめんなさい。いい関係だと言ってくれたあなたの気持ちを、裏切ってしまって。

自動販売機の発する環境音が、わたしたちの間に堆積していく。一人でいるときですら、気にしたことのない音だった。

長い間言葉もなく立ち尽くした後、彼氏さんはやはり何も言わず、わたしのほうへ目を向けることすらせず、車に乗り込んだ。

今までにない気持ちで耳慣れたエンジン音を聞きながら、アスファルトだけの真っ黒な視界を潤ませる。

タイヤの音が遠ざかり、聞こえなくなると、わたしは子供のように泣いた。立ったまま、涙もぬぐわずに、ひたすら泣いた。

◆

「結果から報告させてもらいますけどね」

モモイは人差し指を立てながら身を乗り出すと、小声で言った。以前の密会と同じ喫茶店の、同じ席である。チヒロは以前と同じくホットコーヒーを前にしながら、何やら興奮気味の知り合いを鬱陶しい気持ちで見つめていた。

「六〇パーセントぐらいの確率で、とり憑かれていますね、あいつは」

「なんですか、その……パーセントって」

「いや、おれはね、これはもうほぼ確実に、コレが何かしら関わっているんだと思うんですよ」

軽い調子で言いながら、コレ、の部分で幽霊を示すポーズをとる。二度目の密会にして、既にモモイの他人行儀は消え去っているようだった。

「あいつは、憑かれてはいないって否定するんですけどね。まあ、なかなか肯定もしないものなんだとは思いますが……何より、あいつはあいつのままなんですよね」

「どういうことです？」

「つまり、人格っていうのかな、あいつと話してみた限り、あいつはおれの知っているあいつで、間違いないっていうことです。ほら、とり憑かれると人格が変わるっていうじゃないですか。だから、六割」

何をどう計算して六割という結果が弾き出されたのかは分からないものの、モモイの言わんとしていることはなんとなく理解できる。チヒロは、そうですかと深刻そうに言いながら、無意識に前髪を触った。

「それで、チヒロさん。そっちはどうなんだい。仲直り」

突然お鉢を回されて、チヒロは口ごもった。状況が好転しているのかと聞かれれば、ノーと言うほかにはなかったからだ。

「まさかあんた、あいつとはこれっきりだ、なんて言うんじゃないだろうな」

軽かった口調が一転、機嫌の悪いものになる。余程のことがない限りチヒロさんよりもあいつの側につくことになりますからね。モモイの言葉を思い出し、チヒロはテーブルの下で握る拳に力が入るのを感じた。

「そんな。わたし、責められるようなことなんて――」

モモイの理不尽な物言いに対して、つい大声になってしまう。周囲の人間に奇怪な目で見られているような気がして、すぐに縮こまった。

「ああ、そうだな。ごめんよ、反射的に言っちまっただけです」

吐き捨てるように言って、モモイはばつが悪そうにしてキャラメルマキアートに口をつける。

「そりゃ、そうですよね。チヒロさんは何も悪くない。幻滅されるようなことをしたのも、心配されるようなことをしているのも、全部あいつだ。あいつから歩み寄っていくのが筋なんだろうし、そうでないと意味がない」

顔の前にカップを持ったまま話すモモイの姿には、口ぶりや容貌を無視して、なんだか可愛げがあった。状況にそぐわない場違いな思考は、大声を出したばかりのチヒロのことをクールダウンさせてくれる。

「だけど、勝手だけど、おれ、あいつとチヒロさんってお似合いだと思ってるんですよね。それが、オカルトなんかに駄目にされるのは、なんだかもったいないような気がして」

「わたしだって……こんなことで別れる気なんて、ないですよ」

握っていた拳を解き、チヒロがコーヒーカップの取っ手に触れると、モモイは安心したように自分のカップを置いた。

「他人の恋愛に口出しするようなことを言って、悪かった。できたら、でいいんだ。あと少し、辛抱していてくれよ。幽霊は、おれのほうでなんとかしてみるからよ」

「手が、あるんですか」

言ってから、コーヒーを口につける。予想していたほど熱くはない。少しだけ口に含み、チヒロははっとした。ちょうどいい温度だ。

「知り合いに、霊媒師がいるんだ。その人に頼めば——って、結局他力本願なんですけどね」

茶化すようにしてはにかむモモイの姿が、頼もしく映る。チヒロは自分も笑顔になっていることに気づき、照れ隠しに前髪を指の間でもてあそんだ。

「ま、どうにか頼み込んでみるから、大船に乗ったつもりで待っていてくださいよ。

おれは頼られるのも嫌いじゃあないですけどね、実は頼るほうが得意なんですよ」

「なんか、得意げですね」

「そりゃあ、得意なことの話をしていますからね」

へへへ、と笑い、モモイはキャラメルマキアートを一気にあおると、

「だからさ、チヒロさん」

カップを置いて、テーブルに両肘をついた。顔の前で手を合わせ、やはりにやける。

「さっきの、少しの間辛抱してくれってやつ、頼みますよ」

Channel 6

彼氏さんの車が、自動販売機の前に停まった。

目を泣き腫らしたあの日から、まだ何日も経っていない。姿を消していたわたしは困惑しながらも近寄っていき、自動販売機側から車内の様子をうかがった。

誰かと一緒に来たのだろうかとも思ったのだけれど、助手席に人影はない。またわたしに会いにきてくれたのだと自分に言い聞かせ、車を降りた彼氏さんに波長を合わせた。

「こんばんは」

間に車を挟んだまま、しかも背中に声をかけたのは、彼がわたしに会いたがっているのだという確信が持てなかったから。声に気づいた彼氏さんが振り向くのを見ながら、不安に身が縮んだ。

「こんばんは」

返ってきたのは、なんでもない夜の挨拶。穏やかで優しげな彼氏さんの表情に、わたしはほっとするでもなく固まってしまっていた。

そんな姿を見かねたのか、彼氏さんはわたしの傍までゆっくりと歩み寄ると、再びこんばんは、と言って笑顔を見せた。これにはさすがに、こちらもこんばんは、と返し、笑顔を見せるほかになかった。

なんのこともなく訪れることになった再会の時。普段と変わらない彼氏さんは、普段とは違って、なんだか頼もしく見える。

ぱり、と小さな音が聞こえたので目をやると、彼氏さんの腕には花束が抱えられていた。音を鳴らしたのはセロファンの包装紙であったらしい。さっきまでは車に隠れていて気づかなかったけれど、トルコ桔梗やリンドウを主役にした、紫色の多い落ち着いた印象の花束だった。

「また来てくれるなんて」

もしかして、わたしへのプレゼントだろうか。意外な気持ちを口にしながら、照れくさい予感に肩をすくめる。

「どうして。もう来ないなんて言いましたっけ」

「言ってませんでしたよ」

後ろ手を組みながら、おどけるように言い返した。

良い関係の、他愛のない会話。幸せな空気を感じ、わたしは今更のように喜びを実感していた。

「今日は、この花束を渡そうと思って」

いきなり緊張した面持ちになる彼氏さん。

ほら、やっぱり。照れくささと嬉しさとが混ざり合って、今にも爆発してしまいそう。

「ふぅん。いったい、誰に」

とぼけてみせたのは、必死の思いの照れ隠し。

「決まってるじゃないですか。幽霊さんに、ですよ。他に誰がいるっていうんですか」

分かりきっていた答えに、全身が震えた。

いったいどういう風の吹き回しだろう。この間、あんなに気まずく別れたはずなのに、今夜は突然花束だなんて。

今一度、花束に目を向けた。紫色の花の中で、強く存在感を発揮する赤い千日紅。

少し不器用な見た目ではあるけれど、自動販売機の明かりにはっきりと照らし出された花々は、その美しい色合いでわたしの気持ちを浮つかせる。

「どうして花束なんか？」

花束に目を奪われながらも、ちらりと彼氏さんを見上げた。

「ああ、それは、ですね」

緊張のせいだろう。見開かれた瞼の中で、彼氏さんの目がわたしの視線から逃げたり、くっついたりを繰り返している。

返答を待っているだけでも、はずかしくて。

言葉に詰まる姿が、微笑ましくて。

期待するほどに、じれったくて。

この状況のすべてに、どきどきする。

そう。この雰囲気は、気持ちは、まるで、
まるで、突き放されるかのような感覚だった。

「お供えですよ」

「ああ、なるほど。じゃあ、受け取っておきますね」

芝居がかった動きで、なるほど、と手を打つ。

実際に、それは芝居だった。落胆なんかしていませんよ、という演技でもしなければ、とても直前までの笑顔を保っていられる自信がなかった。

「はい、ありがとうございます」

言いながらも、彼氏さんの顔を見ることができない。花束に引き寄せられるようだった視線は、今や逃げるようにして仕方なしに花束に向けられている。

何を期待していたんだろう。自分のことが、嫌になる。どうして、あんなことを期待してしまったんだろう。わたしの腕の中に辿り着いた花束は、わたしの気持ちなどお構いなしに瑞々しく微笑んでいる。

「だけど、ちょっとショックだなぁ」

控えめで、決して派手ではないとはいえ、わたしの目には美しい花束だったのに。彼氏さんにとっては、地味な仏花に過ぎなかったということなのだろうか。

だとすれば、こんな演出は残酷すぎる。

「わたし、死人だって意識されないように、明るくしてるのになぁ」

咲き誇る花々に恨み言をこぼした。

「そうじゃなくても、わたし、自分のことを死人っぽくないなあって思ってるのに」

少なくとも他愛のない夜話をしている間、わたしは死霊なんかじゃない、幽霊さんという一人の友人として、あなたに見られていると思っていたのに。

「だけど……生きてる人から見ると、やっぱりわたし、死人ですか？」

花束に逃がしていた視線を持ち上げる。彼氏さんは、陸に上げられた魚のごとく焦点の合わない目を見開き、何かを言いたげに口を動かしていた。

もとより、彼氏さんを困らせたいがための発言だった。腕の中のお供えに、いつかの指輪の影を重ねてしまっていた、これは、そんなみっともない幽霊のささいな復讐。お門違いであることは百も承知していたけれど、彼氏さんの言動が思わせぶりだったことは紛れもない事実だ。

「あの、えっと、ちょっと、からかってみただけですよ」

返す言葉もない、といった感じの彼氏さん。やってしまった、と書いてある顔を見て、わたしの気持ちは収まったようだった。やりすぎたかな、とも思った。

だから、これで恨み言はおしまい。いつまでもこんな態度をとっていたら、せっかくの花束も、用意してくれた彼氏さんもかわいそうだ。期待を裏切られてショックを受けたとはいえ、やっぱり紫の花束はわたしにとっては美しく、そこに込められた真心はきっと真実なのだから。

「せっかくお花、持ってきてくれたのに、意地悪なこと言って、あの、ごめんなさい」

頭を下げながら、上目遣いに彼氏さんと向き合った。花束の仄かな香りが顔の周りに漂っている。無反応な彼氏さんの目が、彼を困らせていたはずのわたしのことを逆に不安にさせた。

「幽霊さんのことを、そんな、死人っぽいとか幽霊っぽいとか――」

凄味を持った声が、謝罪の言葉を脇に避ける。

「そんなふうに見ているわけ、ないじゃないですか」

大きな声ではなかったけれど、意を決したように彼氏さんが放つ一言一句には、わたしから言葉を奪ってもまだ余りある力を持っていた。

何が起こっているのか、分からない。もちろん、彼氏さんは先のわたしの意地悪な質問に答えているだけに過ぎないのだろう。それだけに、わたしは自分が彼の言葉にたじろいでいる理由が分からなかった。

「幽霊さんのことを幽霊だとしか思えなかったら、こんなもの、花束なんて、渡しませんよ」

打って変わって、彼氏さんの声は穏やかなものになる。悪霊退治を提案したときの、興奮気味な態度に似ていた。それで、わたしは彼の言葉に一片の偽りもないことを悟った。

花束を抱く腕に力が入る。じきに来るであろう言葉に身構えたためだった。

「その花束はお供えなんかじゃない。プレゼントですよ。幽霊さんへの」

わたしの心境を知ってか知らずか、彼氏さんは悠然として言葉を紡ぎ続ける。

おかしなものだな、と思う。さっきまでは得られずに落胆していたはずなのに、今度は目の前にあるその言葉を恐れているのだから。

「つまり、そういうわけですよ。僕は、幽霊さん、あなたのことが、どうしようもなく、女性として気になるんです」

　風情も何もなく彼氏さんが言い切ってしまったからなのだろうか。身構えていた割には、その言葉がわたしを強く揺さぶることはなかった。彼氏さんの必死な想いを一身に受けながらも残酷なほどに落ち着き払っている自分に気づき、どうしようもなく悲しくなる。

　両腕で抱えていた花束を片手に持ち替え、空いた右手をこめかみに添えた。もしも、花束を受け取る前にこの言葉を聞いていたら、わたしはなんと答えただろう。どんなに心が震えただろう。

　もしもそうなっていたら、どんなに嬉しかっただろう。

　一度喪失感を味わったからこそ、どちらの道が正しいのか、分かってしまった。正しい答えを知ってからでは、誤答に身を委ねることなどできるわけもなかった。

　震える指先が、体温のない額に触れる。この、夢から醒めた幽霊が、わたしだ。

　熱のこもった彼氏さんの目。愛おしい。彼の額は、わたしのと違って温かいのだろう。花束の香りを吸い込んでから、震えの治まった手を自動販売機の光の中に振り上げた。

頬を張る高い音が、冗長に響きながら寂しげな闇の中へ溶けていく。わたしの手のひらには、彼氏さんの体温が微かに残っていた。

「そんなの、だめですよ。彼女さんは、どうするんですか」

彼氏さんは頬を打たれた格好のまま、顔を斜め右に向けながら虚空を見つめている。

「それに……目を覚ましてくださいよ。わたしは――」

わたしは、幽霊なんですよ。

最後の言葉が、彼氏さんの耳に届いていたのかは分からない。わたしはそれだけ言うと、背後の闇と混ざり合うようにして、花束もろとも姿を消した。

幽霊でも、構いません。彼氏さんはもしかすると、そう言うのかもしれなかった。そんな言葉をかけられれば、わたしは懲りずに、幸せな夢を見てしまうのに違いなかった。

だから、姿を消した。そんなわたしは、きっと悲しい顔をしているのだろう。

通りの向こうから、車が走ってくるのが見える。

確信した。わたしが彼氏さんにしてあげられる、最後の仕事がまだ残っていることを。

「そうだ、いいこと、思いついた」

無邪気な、子供の声。わたしの姿を捜そうと車道に近づいた彼氏さんの後ろで、お下げの少女が笑っていた。

「おっさんも死んじゃえば、おねえちゃんと同じ幽霊になれるかも」

そうすれば、わたしと彼氏さんは、ずっと一緒にいられる。そう思ったのだろう。

小さな手が、頼りなさげな背中を、どん、と押した彼氏さんが棒のように倒れていく先には、見慣れたタクシーが突っ込んできている。

コマ送りで悲劇へと近づいていく世界。その中で、わたしの身体だけが早送りされている感覚だった。一瞬にして波長を合わせると、傾いていく彼氏さんの身体を抱きしめるようにして受け止め、そのまま車道の反対側へと振り投げる。花束がばさりと足元に転がって、悲劇を回避した世界が正常に動きだした。

危機一髪というタイミングで、彼氏さんの倒れる予定だった場所に白いタクシーが急ブレーキで停車する。わたしは急いで花束を拾い上げ、再び姿を消した。

「あぶねぇだろうが、おい」

血相を変えてタクシーから飛び出してきたのは、ハルヒコさんだった。彼氏さんを突き倒した少女の姿は、もうない。

少しの間ハルヒコさんと話をした後、彼氏さんはこの場所を去った。彼氏さんが車に乗り込む際に見せた顔は、憑き物が落ちたかのような、晴れ晴れとしたものに見えた。

全部、終わったんだな。何を指して全部というのかは判然としなかったけれど、なんとなく、そう思った。

すぐそばにいたのにもかかわらず、二人が何を話しているのかをしっかりと聞いてはいなかった。それでも、最後の彼氏さんの表情がわたしにとっては何よりも的確な答えだった。もう、彼と夜話に興じることはできない。

寂しくは感じたけれど、悲しくはなかった。今のわたしは、彼氏さんと同じ表情をしているのだろう。

彼氏さんも、わたし自身も否定はしていたのだけれど、もしかすると、彼は幽霊さんというものにとり憑かれていたのかもしれない。いい関係という呪いの中で、苦しんでいたのかもしれない。

胸の花束を見下ろす。これが、何よりの証拠。彼氏さんが彼女さんとの仲を修復できずにいたのは、きっと、わたしが彼氏さんのことを大切に思うあまり、悪霊の少女のことをないがしろにしてしまっていたのと同じなのだ。

ハルヒコさんがタクシーの助手席に戻ると、今度は運転席側のドアが開き、見覚えのある白髪がちの運転手さんが姿を現した。

太ってはおらず、かといって細すぎることもない上半身が、顔から受ける印象よりも彼を若く感じさせる。足は短く、以前に彼の姿を目にした際には意識していなかったけれど、身長はわたしよりも少し低いようだった。

運転手さんはやはり緩慢な動きで自動販売機まで歩み寄り、以前と同じようにペットボトルの緑茶を買った。

「モモイくん、私がおごるから、何か飲むといい」

モモイというのは、ハルヒコさんの苗字だろうか。

運転手さんが自動販売機と向き合ったまま大声で言うと、ハルヒコさんがいかにも面倒くさそうな顔をしてタクシーを降りてきた。

「除霊はやらないんじゃあなかったんですか。あいつ……友達は帰らせたんですし、おれたちもとっとと帰りましょうよ。こんな、心霊スポット」

「怖いのか、君らしくもない」

「ウラマチさんが除霊おっぱじめないか、心配なだけですよ。さっきも言いましたけどね、おれは、ここの幽霊を退治されたらあいつに恨まれるんです」

相手が年長者だからなのか、生意気さは残しながらも弱腰な態度のハルヒコさん。

彼の口ぶりからすると、ウラマチさんと呼ばれた男性は、幽霊を退治することのできる人物であるらしい。

友人にとり憑く幽霊を退治するために、その道の人を連れて参上したということなのだろうか。それにしては、ウラマチさんの格好は制帽に制服、手袋までをも装着した、文句なしのタクシー運転手にしか見えない。

「なに、君らの友情を壊すような真似はしないさ。ほら、ブラックでもいいのかね」

「待ってくださいよ、自分で選びますって」

のろのろと自動販売機に向かうハルヒコさん。ウラマチさんはにやりと笑って、ボトルのキャップを開けた。

「この辺りは昔、心霊スポットでねぇ」

ハルヒコさんがメロンソーダのボタンを押すのと同時に、ウラマチさんが独り言のようにして言った。街灯の発する、淡い光のような口調だった。

「そんなの、今もじゃないですか」

「いやいや、当時はもっと凄かったらしい」

間髪入れずの茶々に呵々と声をあげながらも、ウラマチさんの話は続く。

「信号待ちをしていたら、こう、どん、と」

言いながら、ウラマチさんは受取口に手を入れていたハルヒコさんの背中を、どん、と押した。バランスを崩したハルヒコさんは自動販売機に頭を打ちつけてしまう。

「なにするんですか。うわ、腫れますよ、これ」

「はは、済まない済まない。それで……つまり、こうやって背中を押されるわけだ。危ないだろう」

「まったくですよ。分かっているならやめてくださいハルヒコ取り出した缶で、打ちつけた額を冷やすハルヒコさん。さん。彼氏さんといるときとはまるで違う彼の一面に、わたしは気の毒に思いながらもくすりと笑ってしまった。

「そんな悪さを繰り返す霊がね、ここには住んでいたわけだ。いわゆる、悪霊というやつかな」

不平を無視されたハルヒコさんが口を尖らせている。

「そんなある日のこと。残念なことに、人死にが出たんだな。聞くところによれば、亡くなったのは若い女性だったんだとか」

緑茶を少し口につけると、ウラマチさんは立っているのが疲れたようで、自動販売機にどかりともたれかかった。

悪霊に殺された女性。それは、わたしのことだろう。

ウラマチさんは、どうやらこの場所の過去のことを知っているらしい。二人の会話に加わるかのごとく、わたしは自動販売機に近づいた。

「すると、不思議なことに、それ以降は幽霊騒ぎがなくなった」

「じゃあ、悪霊は成仏したっていうことですか。それにしちゃあ、今も――」

「今、この場所には、私が思うに二人ぶんの霊が漂っている」

言葉を遮られたハルヒコさんが、額を冷やしていた缶をかしゅりと開けてちびちびと飲み始める。途切れた台詞の続きを口にする気はないようだった。

「言うまでもなく、その悪霊と、殺された女性の霊だ。そして、これまた私の想像なんだがね、二人は多分、仲良くやっていたんだろうな」

「いやいや、まさか。殺したやつと殺されたやつが仲良くなんて、無理ですよ。おれだったら、殺した相手が悪霊だろうが、呪い殺しますね。それが無理なら、末代まで祟ってやります」

本日二度目の笑い声。わたしも、思わず笑ってしまった。悪霊を末代まで祟る、などといった内容もさることながら、ハルヒコさんの真剣なのか冗談なのか分からない妙な調子の口ぶりが、笑いを誘って止まなかったのだ。

仲良くしていたのかと聞かれて、迷いなく、はい、と答えられるほどわたしと彼女との仲が良好なものであったのだという自覚はないけれど、少なくとも険悪な仲でなかったことは確かだろう。

「あくまでも推測だよ、これは。ただ、その女性の霊は、もともとここにいた悪霊の寂しさを紛らわすために、一役買っていたんじゃないかと思うわけさ」

「寂しさ、ですか」

「ここの悪霊は、幼い子供なんだよ」

へえ、と声を漏らしながら、ハルヒコさんはちょりちょりと顎を掻《か》いた。

本人から聞いたわけではないけれど、彼女の寂しさを紛らわすために一役買っているというのは、わたしの認識と一致している。ハルヒコさんの連れてきた運転手とも霊媒師ともとれる男性は、いったいこの場所のことをどれだけ知っているのだろう。

「人死にを出したのは、寂しさを和らげるための仲間が欲しかったからなんじゃあないのか、とね」

つけ加えるように、許される話じゃあないが、とつぶやいてから、ウラマチさんは深いしわの刻まれた口元をにやりと笑わせる。

「そう考えれば、それ以降被害者が出ていないのにも納得ができるし、だとすれば、仲が悪くちゃあだめだろう」

「まあ、そうなりますかね」

気のないふうに言って、ハルヒコさんはメロンソーダをあおった。

「それが最近になって、この騒ぎだ。いや、騒ぎというほどの規模ではないか」

「喧嘩でもしたんですかねぇ」

やはり気のないハルヒコさんの言葉。にもかかわらず飛び出した当たらずとも遠からずな喧嘩という表現に、わたしは目を見張ってしまった。

「そこまでは知る由もないがね。とりあえず、何か状況の変化があったのかもしれないな。若い女性の霊を見たという君の言葉を信じるのならば、殺されたほうが成仏したというわけではなさそうだが」

そこまで言うと、ウラマチさんはよっこらせ、と口にしながら自動販売機から背中を離した。

「君の友人の様子がおかしかった原因がなんなのか、正直に言えば、私には分からないよ。ただ、ここには間違いなく、二人の霊がいる」

口元と同じく深いしわの寄った細い目の奥に、何か、穏やかな光が揺れている。辺りを見渡してみせたウラマチさんと目が合ったような気がしてしまい、わたしは身を擦り減らされる思いで次の言葉を待った。

空になったらしい缶を片手に、ハルヒコさんもウラマチさんの言葉を待ちわびているようだった。

「幽霊がいるかいないかだったら、いないほうがいい。そんなものに実在されては困る、今はそんな社会だからね。だから、ここに霊がいるのなら、君の友人の話は別にしても、いなくなってもらうべきだよ。もちろん、二人ともだ」

「さっきと言ってることが違うじゃないですか」

ハルヒコさんの言葉に、わたしも顔を青くしながら賛同する。車から降りてきたときの口ぶりからすれば、幽霊退治はしないという話になっていたのではないのか。

「私の見立てでは、被害者のほうの幽霊ぐらいなら、簡単に成仏させられるだろうさ」

ハルヒコさんの指摘も無視して、ウラマチさんは笑う。

冗談めかしてはいても、嘘のない笑顔。以前にハルヒコさんがお札を持ってきたときには感じなかった絶望感に襲われ、わたしの全身からは力が抜け出てしまった。

「やるんですか、結局。退治させるなって、あいつに頼まれたんですけどね。ウラマチさんがやるっていうんなら、もう止めませんけど……おれは幽霊なんかよりも、後が怖いですよ」

どうやらハルヒコさんには、彼氏さんとの約束をかたくなに守ろうという気はないらしい。無理もないか。ハルヒコさんには、わたしに怖い思いをさせられた記憶しかないのだから。

身の危険を感じた。退治されてしまう。成仏するとどうなるのだろう。あの世とやらに送られてしまうのだろうか。あの世なんていうものが、本当にあるのだろうか。消えてしまうのだろうか、わたしは。

逃げ出す気にもなれなくて、わたしは指先ひとつ動かすことができなくなっていた。わたしの行動できる範囲はこの一本道の中だけ。逃げ切れるわけがない。

ウラマチさんが、笑う。わたしの無力さを見透かしているかのような、穏やかな笑み。

「いや、さっきも言っただろう。君らの友情に響くような結果にはならないと」

「じゃあ、除霊しないって言うんですか。幽霊はいないほうがいいんですよね、しかもそれが簡単だっていうなら、やることは一つじゃないですか」

「君は除霊してほしくないのかしてほしいのか、いったいどっちなんだ。私の言い方が悪かったかね。つまり私は、やらないと言っているんだよ」

小ばかにするような言葉にハルヒコさんは口を尖らせながら、空き缶を捨てた。がしゃ、とごみ箱が鳴く声を聞いて、わたしはようやくウラマチさんの言ったことの意味を理解する。ほっとする気持ちが強すぎて、やっぱりわたしは動くことができなかった。

「残念なことに、悪霊のほうは力が強すぎてね。退治は困難というか、少なくとも、私には不可能なのだよ。それなのに、そっちを放っておいて、後輩幽霊のほうを成仏させてしまったら……」

「危険ってわけですか」

ハルヒコさんの言葉に満足そうに頷いて、ウラマチさんは緑茶を飲んだ。それで、ウラマチさんのペットボトルは空になった。

「そういうわけだ。つまり、今日、君や君の友達がなんと言ったところで、幽霊退治をするつもりは、はなからなかったよ」

「うわ、酷いな。おれがあんなに頼み込んだのに、最初からやる気なしだったなんて」

ハルヒコさんの苦笑を見たせいか、ようやく全身の緊張が解けて、へなへなとその場に座り込んでしまう。こんな姿が二人に見られていたらと思うと、赤面を禁じ得なかった。

「状況によっては、何かしら策を講じるつもりでいたのは確かだよ。ただ、君の友人に関しての問題が解決した今、下手に手出しをするのは得策ではないと判断しただけだ」

「本当に、放っておいて大丈夫ですかねぇ。悪霊ですよ」

だから、あなたは除霊してほしいのかそうでないのか、どっちなんですか。不満そうなハルヒコさんに、わたしは心中でウラマチさんの言葉を真似てしまう。急に余裕の戻った自分のことが可笑しくて、わたしは声をあげて笑っていた。

こんな姿も、絶対に見られたくないな。

「改心してくれるかは分からないな。しかしね、彼女がいれば大丈夫さ」

「彼女っていうと」

「被害者の霊さ。モモイくん、君も見ただろう、車道に倒れてきたはずの友人が、どういうわけだか、その反対側に飛んでいったのを」

飛んでいった。そんなふうに見えていたのか。変に力が入って、露骨にやりすぎたかもしれない。

「彼を突き倒そうとしたのは、まぁ間違いなく悪霊だよ。そして、それを助けたのが、恐らくは被害者の霊だ。つまり、悪霊による被害は、彼女が事前に防いでくれているということさ」

そこまで言うと、ウラマチさんはなんの余韻もなく声の調子を変えて、

「さて、そろそろ帰るとしよう」

なんとも気楽そうに、制帽のつばに触れた。

戸惑った様子を見せながらもタクシーへ戻っていくハルヒコさん。しかしウラマチさんは身体の向きを変えて、自動販売機と向き合ったまま立ち止まっていた。

購入する飲み物を選んでいるという感じでもない。立ち上がって彼の横顔を見てみると、細い目の奥で、穏やかな光がどこか遠くを眺めているようだった。

「それにしてもお嬢さん」

ハルヒコさんと話していたときとは違う、擦り切れたような小さな声。

「こんな時間に、こんな何もない場所で、いったい」

何をしているんですか。声に出すまでもない言葉が頭の中に響いてきたのは、ウラ

マチさんがこちらを向いたせいだった。

　穏やかとしか表現のしようがない声色。ぞくりとした。

　ウラマチさんにはわたしの姿が見えていたのだということだろうか。わたしは、彼らの話を聞いている間はずっと、姿を消しているつもりだったというのに。

「ああ、いや、ね」

　わたしが困惑していることに気づいていないのか、穏やかな口調は小声のままで続ける。

「訳知り顔で、しかも堂々と立ち聞きをしているようでしたのでね。つい、疑ってみたくなってしまったのですよ。もしかして、あなた――」

　ハルヒコさんがタクシーに乗り込んで、ドアの閉まる音が薄明りの中に響き渡った。

「幽霊じゃ、ありませんよね」

　あまりにも無意味な質問に、わたしは眉一つ動かすことができなかった。わたしに返事がないことを肯定ととらえたのか、わたしが幽霊であることを最初から分かっていたからなのか、ウラマチさんは大きく息を吸い、吐き出してから、そうですか、とでも言うようにして軽く咳払いをした。

「それにしても、胆の据わったお嬢さんだ。幽霊退治の話をしていたときに、私はてっきり、逃げられてしまうとばかり思っていましたよ」

「逃げたほうが、よかったでしょうか」

わたしがぽつりと言い返すと、ウラマチさんは口元に笑みを作ってから、自動販売機の方向へ視線を戻した。

「逃げられなかったら話そう、と、自分に都合のいい賭けをしていましてね」

「話そう？」

「話しておきたいといいますか、話さなければいけないといいますか、そんなところです」

横顔からは、どういうわけだか表情を読み取ることができない。目じりに深く刻まれた、しわのせいだろうか。

「あなたの霊がここに留まっているということは、もう何年も前から分かっていました。合わせる顔がない、と、長らくこの場所のことは避けていたのですが……最近になって、あなたと話す踏ん切りがつきましてね。タクシーの運転手としてこの道を通っていれば、あわよくば、あなたが乗ってきたりするのではないか、と」

合わせる顔がない。思わせぶりな台詞の意味を、ウラマチさんは説明する気もないようだった。

「話さなければいけないことって、なんでしょうか」

「なんと言いますか、ね。私に、悪霊を退治する力がなかったことを、お詫びしたかった。ひとえにそういうことでしょうか」

ハルヒコさんと話しているときの姿からは想像もつかない、自信なさげなウラマチさん。それが彼氏さんやハルヒコさんの姿と重なって、わたしの中に親近感らしきものを産み落とした。

「そのおかげで、わたしも退治されずに済んだんですよね。わたしにとっては、いいことですよ。まだ、成仏する気はありませんから」

わたしの言葉で、しわの深い横顔が脱力したように笑った。そのとき、

「どうしたんですか、ウラマチさん」

タクシーのドアが開き、丈の低い背中にハルヒコさんが声をかける。ウラマチさんは制帽で目元を隠すと、振り向いて苦笑した。

「ああ、すまない。ペットボトルはどこに捨てればよかったのかな」

「ここには空き缶用しか、ごみ箱はありませんよ」

ウラマチさんが自動販売機に向き直りながら「なんだ、そうか」と大声で言うと、ハルヒコさんは不審がるように首を傾げながらドアを閉めた。

やっぱり、ハルヒコさんにはわたしの姿が見えていない。

「さて、そろそろ戻らなければモモイくんに叱られてしまう」

気楽な口調に、わたしもウラマチさんが浮かべているのと同じ、苦笑いで対応した。

「最後に一つ、質問をいいかな」

こちらを向いたウラマチさんの目元は、帽子の陰になったまま。うつむき加減になり、意図的に顔を隠しているように見える。

合わせる顔がない。あれは、どういう意味だったのだろう。

「なんでしょうか」

腰を曲げて、うつむいた顔に微笑みかけた。ウラマチさんは少しだけ驚いて細い目を小さく見開くと、咳払いをして制帽のつばに触れた。

ウラマチさーん。タクシーの中から、ハルヒコさんの呼ぶ声が漏れてくる。

「モモイくんや、タクシーに乗せたお客さんの話を聞く限り、今回の事件の発端は、悪霊がカップルのデートを邪魔したことだった、と私は判断しているんですけどね。あれは、いったい、どうしてそんなことが起こったのでしょうかね。今まで、悪霊は大人しくしているようだったのに」

冗長に、それでもひそひそ声で。ウラマチさんの質問は、今までに、当事者である彼氏さんにすらされたことのない重大な質問だった。

そしてそれは、当事者ではないウラマチさんにだからこそ、明かすことのできる真実だった。

「わたし、彼氏さんが――えっと、男の人のほうが、恋人にプロポーズをしているところを見ていたんですよね」

タクシーのドアが開き、ハルヒコさんが顔を覗かせる。

「そうしたら、あの子が突然二人の前に出ていって、言ったんです」

彼氏さんや彼女さんに、はっきりと聞き取ることができたのかは分からないけれど、わたしの耳には今もはっきりと残っている、あの子の言葉。

「おねえちゃんを悲しませるな、って」

だから、彼氏さんのプロポーズが失敗してしまったのはわたしのせい。わたしがいなければ、そもそもあの子が彼らの邪魔をすることはなかったのだから。

「わたしが二人のことを羨ましそうに見ているのが、きっと、あの子には分かってたんですね」

わたしが言い終わると、ウラマチさんは深く頭を下げ、やはり帽子で目元を陰にしたまま、駆け足でタクシーに乗り込んだ。

Channel 7

この味気ない一本道には季節を感じさせてくれる街路樹すらないけれど、それでも季節を教えてくれるものはいくらでも見つけることができる。雪の降る季節を迎え、それが過ぎ去っても、彼氏さんが再びこの場所を訪れることはなかった。

自動販売機の陰にひっそりと咲くタンポポを目に留めたのが、彼氏さんと会えなくなってからの期間を思うきっかけだった。アスファルトの隙間から頭を出す二つの黄色い野花は、彼氏さんにもらった紫の花々と同じで凛として、瑞々しい表情をしている。

ウラマチさんも、ハルヒコさんも、彼女さんも。気がつけば、彼らの顔をもう長い間見ていない。そのくせ、わたしを取り巻く時間はあまりにもあっさりと、物足りなさを感じさせる暇もなく流れて行った。

わたしの毎日は、彼氏さんや彼女さんのことを眺め続けるようになる前のものに戻っているのだろう。猫のように気ままな悪霊の少女の姿を、わたしは何をするでもなく毎日のように眺めていた。

悪さをしないか見張っていよう。わたしのしていることには、そんな目的があるにはあるのだけれど、彼女は昼夜を問わずふらふら、ゆらゆらと一本道の中を歩き回っているだけ。そんなところまで、わたしの周りの環境は以前と同じだ。

やっていることが同じならば、わたしと彼女との関係もやはり以前と同じだった。彼氏さんと関わっているときに揉めたことなどまるでなかったかのように、わたしたちの距離はその前後で遠ざかることも、縮まることもしていない。

彼氏さんのほうはその後、どうなったのだろう。彼女さんとの縒りを戻すことはできたのだろうか。相変わらず、ハルヒコさんに意地悪な笑顔を向けられているのだろうか。わたしと同じように、ここで夜話をする以前の生活にすんなりと戻っていくことができているのだろうか。

わたしのことを、たまには思い出してくれているだろうか。

他愛のない夜話ができなくなったということに関しては、彼氏さんには薄情だと言われてしまうかもしれないけれど、寂しいという気持ちもなくすんなりと受け入れることができていた。それでも、知る術もない彼の近況に思いを馳せるたび、わたしは、自分にやり残したことがあるのだということを思い知らされる。

ちゃんとしたお別れをしていない。

さようならの一言で済んだのに。お元気で、とでも言えていたのなら、いい別れだったと思えただろうに。わたしときたら彼氏さんの頬を張って、最後は何も言わずに投げ飛ばして、それきりだ。直後にハルヒコさんとウラマチさんがやってきたとはいえ、もう少しましな別れ方ぐらい、いくらだってできたはず。

あれがわたしと彼氏さんとの最後だったのだと思うと、あまりの情けなさに頭を抱えたくなる。せっかく、幽霊であるわたしにいい関係だと言ってくれた人なのに。生前以来、はじめて言葉を交わした人だったのに。

「おねえちゃん」

ぶっきらぼうな声。タンポポに背を向けて見ると、赤いスカートの少女がいじけたように口を尖らせている。

どうしたんだろう、と思った。彼女にこうして話しかけられることはままあるけれど、いつになくいじらしい態度が妙に新鮮だ。

「なあに？」

目線を合わせて問いかける。その表情などお構いなしに、色白な少女の顔が、ぱっと明るく見えるのは、きっと陽が出ているせいだろう。彼女はまるで愛の告白でもしようとしているかのようにわたしの顔と自分の足元とを何度か見比べた後、きたよ、と小さな声で、恥ずかしそうに言った。

好きだよ、と脳内で変換されてしまいそうになるほどの、本当に、愛の告白でもしているかのような言いぐさだった。見た目の年齢に違わない、必死でいじらしい態度。一体何事だろうと思っている間に、見覚えのあるメタリックグリーンの車がわたしたちのすぐ近くの路肩に停まった。

いつもと同じ場所だった。

記憶の中のものとすぐに一致しなかったのは、陽の光の下でその車体を見るのがはじめてだったから。決して、久しぶりに目にしたから、ではない。

来たよ。直前に耳にした言葉が頭の中に文字として蘇る。お下げの少女は口を尖らせたまま、きまりが悪そうにそっぽを向いた。

「こんにちは、幽霊さん」

降りてきた彼氏さんは自動販売機の前に立つと、わたしが姿を現す前からそうつぶやいた。何度も目にしたことのある光景だ。違うのは、挨拶が「こんばんは」ではないことぐらい。

反射的に姿を現しそうになるのを、目の前の少女を見て思い留まった。この子は彼氏さんのことを快く思ってはいないのだろうし、わたしが彼氏さんと馴れ合うことを歓迎していないのは明白だ。そんな彼女の前で嬉々として姿を現すことには、罪悪感に近い、逆らい難い抵抗を感じてしまう。

わたしが姿を見せないせいだろう。彼氏さんは気落ちしたように軽く息をつくと、苦々しくも穏やかな笑みを浮かべながら自動販売機に小銭を投入した。

「会わないの？」

小さな声。大きな瞳が、見慣れない表情をして揺れている。

「会っても、いいの？」

微笑みかけられて、少女は目を伏せた。意図したものではなかったにしろ、彼女にイエス、ノーの返答を求めるのは少し酷だったかもしれない。返事のないまま、ついには背を向けられてしまったので、わたしは仕方なしに彼氏さんのほうへ目をやった。彼は、受け取り口からオレンジジュースの缶を取り出したところだった。

出てきたばかりの缶は、そのまま栓が抜かれることもなく、さながらお供え物のように——実際に、それはお供え物のつもりなのだろう——自動販売機の脇に置かれてしまう。誰のために缶を置いたのか、だなんて、考えるまでもない。

自動販売機と、彼氏さんと、オレンジジュース。物足りない。この光景の中には、わたしの姿がない。じわじわと欲求が高まっていく。もう、姿を現してしまおうか。少女のことが気になるとはいえ会うなと言われたわけではないのだし、彼氏さんも、わたしの登場を心待ちにしているはずだ。

「あたし、ね」

意を決して、という表現が似合いそうな呼びかけ方だった。振り返ると、もはや悪霊と呼ぶにはあまりにもいたいけな印象を持った少女が、足元に視線を落としたまま、艶のないアスファルトに靴の裏をぐりぐりとにじりつけている。

「あたし、おねえちゃんが楽しそうにしてるほうが、嬉しいよ」

大きな目がちらりとこちらに向けられ、すぐに地面へと逃げてしまう。

自動販売機の前の彼氏さんは、わたしが近くにいることなど知る由もないといった様子で、仏前に立っているかのごとく粛々と自身の近況を報告していた。恋人との仲はうまくいきましたよ、という内容だった。内心に安堵を膨らませながら、少女の言葉を待つことにする。

「だから——いいよ、会っても」

吐き捨てるように言い放ったのは、彼女なりに意地を張ってみせたのだということなのだろう。なんと言い返してあげようかと考えているうちに、少女は大股で近寄ってきて、その表情を確認するよりも前にわたしとほぼ密接するかたちになった。

「今まで、意地悪して、ごめんね」

今更の、はじめての、どの出来事について謝っているのかも分からない謝罪。彼女のしてきたことの中には、「ごめんね」という言葉なんかで済ませることのできないものもはっきりと存在している。

だけど、
そんな一切合財を抜きにして、左右に結われた髪が何かを堪えるようにして震えている様は、愛おしかった。普段よりもさらに小さく見える頭にぽん、と触れて、わたしは一歩引きながら膝を曲げる。中腰になったわたしをまっすぐに見据え、少女は薄い唇をきゅっと噛んだ。

「そういえば——」

囁くほどの声で言って、首を傾けてみせる。

「まだ、あなたのこと、なんて呼んだらいいのか決めてなかったね」

それは、わたしが彼女に対し、積極的に話しかけようとしてこなかった証。保護者のようなものと自称しておきながら、彼女のことを心のどこかでは遠い存在として扱っていたかったのだろう。

少女は、まだ呼び名のない悪霊は、口をぽかんと開けて、わたしと鏡写しに首を傾けた。わたしは、戸惑いの残るその顔に、にい、と笑ってみせてから、屈伸運動をするようにして立ち上がった。

「考えとくから。後で、お話ししよっか」

見上げる少女の前でくるりと向きを変え、彼氏さんのほうを再び見やる。近況報告は、既に一通り終わってしまっていた。

「じゃあ、幽霊さん、さようなら」

自虐的な響きを持ってそう言った彼氏さんが自動販売機の上を見ていたので、わたしは、少し笑ってしまった。わたしの姿が見えないのは、天にでも昇ってしまったせいだとでも思っているのだろうか。

「ちょっとショックだなぁ」

寂しげな空気を全身にくくりつけて立ち去ろうとする彼氏さんの背中に、波長を合わせた。足を止めて振り向いた彼氏さんの笑顔は、小さな悪戯を優しく咎めているかのよう。

「今の、なんだかお仏壇に報告してるみたいでしたよ。わたし、そんなに死人っていうイメージですか」

いつかのやりとりを彷彿とさせる、やはり意地悪な物言い。彼氏さんは返事をするでもなく、顔の中に喜びを咲かせた。

ゆうれいさん。

かすれた声がわたしを呼ぶ。それ以外に、言葉が見つからないのだろう。

わたしだって、同じだ。他愛もない内容から外れようとすると、いつも、すぐに行き詰まってしまう。彼氏さん、と呼びかけるわけにもいかなくて、わたしはただ、笑顔を傾けた。

「おねえちゃん」

温かい沈黙の中で、わたしにしか聞こえない声は心なしか穏やかだ。

「後で、お話。約束だよ」

背中に、小さな手のひらの感触。昔、無慈悲にわたしを突き倒したときのものよりも力強い圧力が、わたしと彼氏さんとの距離を一歩だけ近づける。

そのまま歩み寄っていき、自動販売機の前で改めて彼氏さんと向き合うと、供えられていた缶が太陽の光を反射させて、わたしの視界の縁を眩く突き刺した。
太陽に照らされた缶の横で、二輪のタンポポが仲よさそうに寄り添っている。
愛おしい気持ちになりながら膝を曲げ、わたしは缶ジュースに手を伸ばした。

End

著者プロフィール

小林 正嗣（こばやし まさつぐ）

昭和62年12月９日生まれ。
愛知県出身。
2012年より塾講師。

助手席のゆうれいさん

2012年６月15日 初版第１刷発行

著 者 小林 正嗣
発行者 瓜谷 綱延
発行所 株式会社文芸社
〒160-0022 東京都新宿区新宿１－10－１
電話 03-5369-3060（編集）
03-5369-2299（販売）

印刷所 株式会社平河工業社

ISBN978-4-286-12023-2